2019년 5월 2일 초판 1쇄

글 나쓰메 소세키
옮긴이 김정오
펴낸곳 하다
펴낸이 전미정
책임편집 최효준
교정·교열 한채윤
디자인 윤종욱 정윤혜
출판등록 2009년 12월 3일 제301-2009-230호
주소 서울 중구 퇴계로 182 가락회관 6층
전화 02-2275-5326
팩스 02-2275-5327
이메일 go5326@naver.com
홈페이지 www.npplus.co.kr
ISBN 978-89-97170-48-7 03830

정가 14,000원

도서출판 하다는 ㈜늘품플러스의 출판 브랜드입니다.

도련님

—

나쓰메 소세키 저
김정오 역

작가 소개

나쓰메 소세키

夏目漱石, 1867~1916

1867년 현재의 도쿄 신주쿠 구에서 태어났다. 본명은 나쓰메 긴노스케이며 도쿄제국대학 영문학과를 졸업했다. 일본 문부성 제1회 국비 유학생으로 선발되어 1900년부터 2년에 걸쳐 영국에서 유학했다. 일본인이 영문학을 연구한다는 것에 대한 위화감과 고국에 대한 향수로 신경쇠약을 앓았다.

1903년 귀국 후 제1고등학교, 도쿄제국대학 강사로 활동하다가 1905년 발표한 『나는 고양이로소이다(吾輩は猫である)』가 호평을 받게 되자 작가의 길로 들어서게 됐다. 1906년 『도련님(坊ちゃん)』, 『풀베개(草枕)』 등 잇따라 작품을 발표했다.

1907년 교편생활을 접고 아사히 신문사에 입사한 후 1908년 『산시로(三四郎)』, 1909년 『그 후(それから)』, 1910년 『문(門)』, 1912년 『피안이 지날 때까지(彼岸過迄)』, 1914년 『마음(こころ)』 등을 아사히 신문에 연재하며 전업작가로 활동하다 지병인

위궤양이 악화되어 뇌출혈로 1916년(향년 49세) 12월 9일 아내와 친구, 문하생들이 지켜보는 자리에서 생을 마감했다.

나쓰메 소세키는 소설과 한시, 하이쿠, 수필 등 수많은 작품을 남겼으며 근현대 일본 작가들에게 지대한 영향을 미쳤다. '일본의 셰익스피어', '국민작가'로 불리며 1950년 4월 10일 나쓰메 소세키 우표를 발행하였고, 1984년부터 2004년까지 1천엔권 지폐에 나쓰메 소세키의 초상을 사용하기도 했다.

1

나는 앞뒤 가리지 않는 막무가내식 기질을 부모에게서 물려받은 탓에 어릴 때부터 손해만 보고 살아왔다. 초등학교 다닐 때는 학교 2층에서 뛰어내리는 바람에 허리를 삐어 1주일가량 고생한 일도 있었다. 무모하게 왜 그런 짓을 했느냐고 묻는 사람들이 있을지도 모르겠다. 뚜렷한 이유가 있는 것도 아니었다. 새로 지은 학교 건물 2층에서 고개를 밖으로 내밀자 한 반 친구가 약을 올렸기 때문이다.

"아무리 으스대 보았자 넌 거기서 뛰어내리는 건 어림도 없을 걸. 이 겁쟁이야!"

학교 사환의 등에 업혀 집에 갔더니 아버지가 도끼눈을 하고 호통을 쳤다.

"그깟 2층에서 뛰어내리다 허리를 삐는 못난 놈이 어디 있어!"

나는 이렇게 대답했다.

"다음에는 허리를 삐지 않고 뛰어내릴게요."

친척에게서 받은 외제 칼의 반들거리는 칼날을 햇빛에 비추며 친구들에게 자랑했더니 한 친구가 이렇게 말했다.

"번쩍거리기는 한데 어쩐지 날이 잘 들 것 같지가 않아."

"안 들긴 뭐가 안 들어. 뭐든 다 자를 수 있어."

내가 큰소리치자 친구가 대뜸 받아쳤다.

"그렇다면 어디 네 손가락이나 한번 잘라봐."

"뭐야, 이깟 손가락쯤이야, 잘 보라고."

나는 오른손 엄지손가락 등을 비스듬하게 깊숙이 벴다. 다행히 칼이 작고 엄지손가락 뼈가 원체 단단해서 잘려 나가지는 않고 지금도 손에 붙어 있다. 하지만 그 흉터는 죽을 때까지 남아 있을 것이다.

마당에서 동쪽으로 한 스무 걸음쯤 가면 남쪽 둔덕에 아주 작은 채소밭이 나온다. 그 채소밭 한복판에 밤나무 한 그루가 서 있었다. 내 목숨보다 더 소중히 여기는 밤나무였다. 나는 아람이 떨어질 무렵이 되면 아침에 잠자리에서 일어나자마자 뒷문으로 달려 나가 떨어진 알밤을 주워 학교에 가져가서 맛나게 먹었다. 채소밭 서쪽은 야마시로야라는 전당포 마당으로 이어져 있었다. 이 집에는 열서너 살짜리 아들 간타로가 살고 있었다. 간타로는 무지하게 겁쟁이였다. 겁쟁이 주제에 격자 모양의 대나무 울타리를 타고 넘나들며 밤을 훔치러 왔다. 어느 날 저녁 무렵 내가 접이문 뒤에 숨어 있다가 마침내 간타로를 붙잡았다. 그때 간타로는 빠져나갈 구멍을 찾지 못하자 죽기 살기로 마구 내게 덤벼들었다. 간타로는 나보다 두 살가량 많았다. 겁은 무지 많지만 힘은 장사였다. 정수리가 유난히도 넓적한 큰 머리통을 내 가슴팍에 들이대고 마구잡이로 밀어붙이는 바람에 간타로의 머리통이 미끄러져 그만 내 겹옷 소매 속으로 쏙 들어가 버렸다. 그 머리통 때문에 나는 손을 제대로 쓸 수가 없어서 팔을 이리저리 사정없이 마구 흔들어 댔다. 그러자 소매 속에 들어간 간타로의 머리가 덜렁거리며 좌우로 왔다 갔다 했다. 간타로는 고통스러워 하더니 급기야 그 안에서 내 위팔을 물고 늘어졌다. 하도 아파서 내가 간타로를 대나무 울타리 쪽으로 밀어붙이고 다리를 걸어 울타리 너머로 넘어뜨려 버렸다. 간타로는 울타리를 반쯤 망가뜨리며 자기네 집 마당으로 곤두박질치더니 낑낑댔다. 간타로네 마당은 우리 채소밭보다 2미터가량 낮았다. 간타로가 곤두박질칠 때 내 한쪽 옷소매도 뜯겨나가 마침내 팔이 자유로워졌다. 그날 밤 어머니가 사과하러 갔다가 한쪽 옷소매도 찾아왔다.

그 밖에도 장난이란 장난은 어지간히도 쳤다. 목수네 아들 가네와 생선가게 가쿠를 데리고 모사쿠네 당근 밭을 엉망진창으로 만들어 버린 일도 있었다. 당근 싹이 미처 다 돋아나지 않은 곳에 온통 짚으로 덮여 있었다. 그 위에서 셋이 한나절 신나게 씨름판을 벌였더니 당근 싹이 몽땅 밟혀 짓뭉개져 버렸다.

후루카와네 논에 물을 대는 우물을 틀어막았다가 그 뒷감당을 하느라 혼쭐이 난 적도 있었다. 굵은 맹종죽의 속 마디를 파내어 만든 대나무 파이프를 땅속 깊이 묻어 우물과 연결해 그 속에서 솟구쳐 나온 물로 근처 벼논에 물을 대는 장치였다. 그때는 그게 무슨 장치인지 전혀 몰랐기 때문에 거기다 돌과 나무때기 같은 것을 잔뜩 쑤셔 넣고 막혀서 물이 나오지 않는 것까지 확인하고 집에 돌아와 밥을 먹고 있었다. 잠시 후 후루카와가 핏대를 세우고 노발대발하며 들이닥쳤다. 아마 부모님께서 복구 비용을 변상하고 무마한 것 같았다.

아버지는 나를 조금도 귀여워하거나 살갑게 대해 주지

않았다. 어머니는 늘 형만 싸고돌았다. 형은 유별나게 얼굴색이 하얘서 여자 역을 연기하는 남자배우 흉내 내는 걸 즐겼다. 아버지는 나를 볼 때마다 "어차피 네놈은 제대로 되긴 틀렸어."라고 말했다. 어머니는 내게 "개망나니 짓을 해도 유분수지 앞날이 순탄할지 참 걱정이다."고 말했다. 역시 제대로 돼먹지 못했다. 보시는 대로 꼴이 요 모양이다. 앞날이 순탄할지 걱정이라고 한 말도 무리는 아니었다. 그저 감옥살이 신세를 면하고 살고 있을 뿐이다. 어머니가 세상을 뜨기 2, 3일 전에 내가 부엌에서 공중제비를 넘다 그만 부뚜막 모서리에 갈비뼈가 부딪혀 하도 아파서 죽는 줄 알았다. 어머니가 버럭 화를 냈다.

"네놈은 이제 꼴도 보기 싫다."

그 바람에 나는 친척 집에 가 있었다. 그런데 끝내 어머니가 돌아가셨다는 기별이 왔다. 금방 이렇게 돌아가실 줄은 꿈에도 몰랐다. '돌아가실 정도로 중병을 앓은 사실을 알았더라면 좀 더 얌전하게 굴 걸' 하고 반성을 하면서 집으로 돌아갔다. 형은 나더러 불효자라고 했다. 어머니가 일찍 돌아가신 것도 다 나 때문이라고 했다. 나는 그 소리에 분을 삭이지 못하고 형의 뺨따귀를 때렸다가 된통 혼났다.

어머니가 세상을 뜬 후 아버지와 형, 나 이렇게 셋이서 살았다. 아버지는 놀고먹는 사람으로, 나와 얼굴을 마주하기만 하면 입버릇처럼 이렇게 말했다.

"네놈은 글러 먹었어, 영 글러 먹었어!"

뭐가 글러 먹었다는 건지 아직도 난 모르겠다. 별 이상한 아버지도 다 있다는 생각마저 들었다. 형은 장차 사업가가 될 거라며 부단히 영어공부에 매달렸다. 형은 원래 계집애 같은 성격에다 약삭빠르기까지 해서 나와는 사이가 좋지 않았다. 열흘에 한 번 꼴로 싸웠다. 하루는 장기를 두다가 비겁하게 외통수를 두는 바람에 내가 꼼짝없이 패하게 되자 우쭐대며 빈정거리기에 화딱지가 나서 손에 쥐고 있던 차(車) 장기짝을 냅다 미간에 던져 버렸다. 미간이 찢어져 피가 좀 났다. 형이 아버지에게 일러바치는 바람에 아버지가 나와 의절하겠다고 했다. 그때는 어쩔 도리가 없어 체념하고 아버지의 뜻에 따르기로 각오하고 있었다. 그런데 10년째 부리고 있는 하녀 기요가 울며 애걸복걸하자 간신히 아버지의 노여움이 누그러졌다. 그런데도 나는 그다지 아버지를 무서워하지 않았다. 오히려 하녀 기요에게 미안한 생각이 들었다. 이 하녀는 원래 뼈대 있는 가문 출신인데, 에도 막부의 와해*와 더불어 가문이 몰락하자 결국 남의 집 더부살이까지 하게 되었다고 한다. 기요는 할멈이다. 무슨 까닭인지 이 할멈은 내게 끔찍이 살갑게 대해 주었다. 알다가도 모를 일이었다. 어머니는 세상을 뜨기 사흘 전에 내게서 정나미가 떨어졌고, 아버지도 365일 내내 나를 천덕꾸러기 다루듯 대했다. 동네 사람들은 난폭한 개망나니라며 손가락질을 해댔다. 이런 나를 도가 지나칠 정도로 애지중지 여겼다.

아무래도 나는 남들에게 호감을 살 만한 성격이 아니라고 아예 단념하고 있었기 때문에 주변 사람들에게 천덕꾸러기 대접을 받아도 전혀 아랑곳하지 않았다. 기요 할멈처럼 언제나 오냐오냐하며 내게 무척 살갑게 대해 주는 걸 외려 의아하게 생각했다. 기요 할멈은 가끔 아무도 없을 때 부엌에서 "도련님은 올곧고 품성이 착해요." 하고 칭찬하기도

* 도쿠가와 이에야스(德川家康)가 에도에 수립한 무가(武家)정권의 붕괴를 말한다.

했다. 하지만 나로서는 그 말뜻을 도무지 이해할 수가 없었다. 만일 내가 품성이 착하다면 기요 할멈뿐 아니라 다른 사람들도 좀 더 내게 잘 대해 줄 거라고 생각했기 때문이다. 기요 할멈이 이렇게 말할 때마다 나는 듣기 좋으라고 하는 빈말은 싫다고 받아치는 게 예사였다. 그러면 기요 할멈은 "그 보세요. 그러니까 품성이 착하다는 거예요." 하며 흐뭇한 표정으로 나를 바라봤다. 마치 자신의 힘으로 나를 창조한 것처럼 뿌듯해 하는 모습이었다. 기분이 다소 언짢았다.

어머니가 돌아가시고 나자 기요 할멈은 나를 더욱 귀엽게 여겼다. 나는 어린 마음에 왜 저토록 귀여워 하는지 의심스런 생각마저 들었다. 성가실 정도였다. 나는 좀 작작하고 그냥 내버려 두면 좋으련만, 하고 별로 달갑게 여기지도 않았다. 한편 딱하기도 하고 죄스럽기도 했다. 그래도 기요 할멈은 한결같이 내게 살갑게 대해 주었다. 이따금 자신의 주머닛돈으로 긴쓰바*와 매화 모양처럼 생긴 과자를 사 주기

* 밀가루 반죽에 팥소를 넣고 날밑 모양으로 납작하게 한 다음, 번철에 가볍게 구운 과자를 말한다.

도 했다. 추운 겨울날 밤이면 몰래 사 둔 메밀가루를 따뜻한 물에 타서 내가 잠든 사이 머리맡에 슬그머니 가져다 놓기도 했다. 때로는 냄비 가락국수까지 사 주기도 했다. 단지 먹을거리만이 아니었다. 양말과 연필, 공책도 받았다. 한참 뒤에 있었던 일이긴 한데 심지어 돈을 3엔이나 꿔준 적도 있었다. 내가 먼저 꿔 달라는 말을 꺼낸 것도 아닌데 내 방으로 가져와 "용돈이 궁할 테니, 이거 쓰세요." 하며 준 것이다. 내가 필요 없다고 사양했으나 자꾸만 쓰라며 내밀기에 못 이기는 척하고 빌리는 걸로 하고 일단 받았다. 사실 속으로는 몹시 기뻤다. 그 돈 3엔을 똑딱이 두꺼비 지갑에 넣어 품에 끼고 뒷간에 볼일 보러 갔다가 그만 똥통에 퐁당 빠뜨리고 말았다. 어쩔 수 없이 어슬렁어슬렁 기어 나와 기요 할멈에게 사정을 말했더니, 얼른 대나무 작대기를 찾아와서 건져 주겠다고 했다. 잠시 후 우물가에서 물소리가 좔좔 나서 나가 보니 대나무 작대기 끝에 걸린 두꺼비 지갑을 물로 씻어 내고 있었다. 그러고 나서 지갑을 열어 1엔짜리 지폐를 꺼내 펴 보니 색이 누렇게 변하고 문양이 흐릿했다. 기요 할멈은 그 돈을 화롯불에 말린 후 내게 내밀었다.

"자, 이 정도면 됐지요?"

나는 냄새를 맡아 보았다.

"아이, 구린내."

"그럼 이리 다시 내놔 봐요. 바꿔다 드릴게요."

어디서 어떻게 감쪽같이 바꿨는지 지폐 대신 은화 3엔을 가져왔다. 그 3엔을 무엇을 하는 데 썼는지 전혀 생각이 나지 않는다. 언젠가 갚겠다고 해놓고선 여태껏 갚지 않았다. 이제 와서 열 배로 쳐서 갚으려 해도 갚을 길이 없다.

기요 할멈이 뭐든 내게 줄 때는 꼭 아버지와 형이 집을 비웠을 때였다. 내가 가장 싫어하는 게 뭐냐면 바로 남들 몰래 나 혼자만 이득을 보는 것이다. 물론 형과 사이가 좋지는 않았어도 형 몰래 기요 할멈에게서 과자랑 색연필을 받고 싶지는 않았다. 기요 할멈에게 이렇게 물어본 적이 있었다.

"왜 나만 챙겨 주고 형에게는 주지 않는 거야?"

그러자 시치미를 떼고 대답했다.

"형은 아버님이 다 챙겨 주시니까 괜찮아요."

이거야말로 불공평했다. 아버지는 완고하지만 형만 편애할 그런 사람은 아니었다. 하지만 기요 할멈의 눈에는 그렇게 비치는 모양이었다. 애정의 늪에 꼼짝없이 빠져 버린 게 분명했다. 지체 높은 가문 출신일지라도 신식 교육을 제대로 받지 못한 할멈인지라 어쩔 도리가 없었다. 단지 이것뿐이 아니었다. 호의적인 눈은 정말로 무서운 것인가 보다. 기요 할멈은 내가 장래에 입신출세하여 훌륭한 인재가 될 것으로 굳게 믿고 있는 듯했다. 그런가 하면 공부에 열중하고 있는 형은 얼굴만 허여멀건 하지 아무짝에도 쓸모가 없을 거라고 혼자서 단정 짓고 있었다. 이런 식의 할멈이다 보니 당해 낼 재간이 없었다. 자신이 좋아하는 사람은 반드시 훌륭한 인물이 될 것이고 싫어하는 사람은 반드시 영락할 것으로 믿고 있었다. 나는 그때부터 딱히 뭐가 되겠다는 생각도 하지 않고 있었다. 하지만 기요 할멈에게서 "훌륭하게 될 거다, 될 거다." 하는 말을 자꾸만 듣다 보니까 나도 모르게 역시 뭔가 될 것 같은 막연한 생각이 들었다. 돌이켜 보면 그땐 참 어리석었다. 언젠가 기요 할멈에게 이렇게 물어본 적이 있었다.

"나중에 내가 커서 어떤 사람이 될까?"

그런데 기요 할멈도 마땅히 생각해 본 적이 없는 듯 이런 식으로 대답했다.

"자가용 인력거에다 근사한 현관이 딸린 저택을 장만하게 될 게 확실해요."

또 내가 집이라도 장만하고 독립해서 분가라도 하면 함께 지낼 생각까지도 하고 있었다. "부디 도련님 곁에서 지낼 수 있게 해 주세요." 하고 몇 번이고 애원했다. 어쩐지 나도 집을 장만할 것만 같은 기분이 들어서 "응, 알았어." 하고 선뜻 대답만 해 두었다. 그런데 이 할멈은 워낙 상상력이 풍부해서 맘대로 혼자서 세운 계획을 장황하게 늘어놓았다.

"도련님은 고지마치가 좋아요? 아자부가 좋아요? 어디가 더 좋으세요? 마당에는 그네를 마련해 놓고 놀게 하세요. 그리고 응접실은 하나면 충분할 거예요."

그때는 집 따위를 갖고 싶다는 생각은 전혀 없었다. 양옥집이건 일본식 가옥이건 필요하지 않았기 때문에 그런 건 갖고 싶지도 않다고 기요 할멈에게 늘 그렇게 대답했다. 그때마다 내게 "도련님은 물욕도 없고 심성이 무지무지 고와요." 하고 칭찬했다. 기요 할멈은 내가 무슨 말을 하든 언제나 칭찬 일색이었다.

어머니가 세상을 뜨고 나서 5, 6년 동안은 이런 식으로 살았다. 허구한 날 아버지에게서는 꾸중을 듣고, 툭하면 형과는 싸움질을 했다. 그리고 기요 할멈에게서는 과자를 받아먹기도 하고, 가끔 칭찬도 받았다. 특별히 더 바라는 것도 없고 이렇게 지내는 것만으로도 충분했다. 다른 아이들 역시 사는 게 다 고만고만하리라고 생각했다. 다만 기요 할멈이 걸핏하면 도련님은 가련하다, 도련님은 불운하다는 말을 해대는 바람에 나는 막연하게 내가 가련하고 불운한 존재로구나, 하고 생각했다. 그것 말고는 마음에 걸리는 건 아무것도 없었다. 단 한 가지, 아버지가 용돈을 주지 않는 데는 두 손 들었다.

어머니가 하늘나라로 가신 지 6년째 되는 해 정월에 아버지도 뇌졸중으로 쓰러져 저세상 사람이 되었다. 나는 그해 4월에 어느 사립 중학교를 졸업하고, 형은 6월에 상업학교를 졸업했다. 형은 모 회사 규슈 지점에 자리가 나서 떠나야만 했고 나는 도쿄에 남아 학업을 계속해야 했다. 형은 집을 처분하고 재산을 정리해 규슈로 떠나겠다고 했다. 나는 형에게 좋을 대로 알아서 하라고 답했다. 어차피 형에게 신세를 질 생각은 하지 않고 있었다. 돌봐 준다고 해도 싸우게 될 것이고 결국 형 입에서 무슨 싫은 소리가 나올 게 뻔했다. 내키지도 않는데 굳이 섣불리 보호를 받으며 형에게 굽실거리고 살 바에야 차라리 우유배달을 해서라도 혼자 힘으로 살아가기로 마음먹었다. 얼마 후 형은 고물상을 불러들여 조상 대대로 물려받은 잡동사니를 헐값에 팔아 치웠다. 집과 대지는 어떤 사람의 주선으로 어느 갑부의 손에 넘겼다. 집값으로 꽤 많은 돈을 손에 쥔 모양인데 자세한 내용은 전혀 알지 못한다. 나는 한 달 전부터 앞으로 어떻게 할지 향방을 결정할 때까지 당분간 도쿄 간다의 오가와마치에서 하숙을 하고 있었다. 기요 할멈은 십수 년이나 살던 집이 남의 손에 넘어가는 걸 보고 몹시 안타까워 했으나 본인 소유의 집이 아니니 어쩔 수가 없었다. 기요 할멈은 몇 번이고 이렇게 되뇌었다.

"도련님께서 조금만 더 나이가 드셨어도 이 집을 상속받을 수 있었을 텐데 말이에요."

나이가 좀 더 들어 상속을 받을 수 있는 것이라면 지금도 내가 상속을 받을 수 있을 것이다. 할멈은 가독(家督)상속이 뭔지 알 턱이 없다 보니 내가 좀 더 나이가 들었다면 형의 집을 상속받을 수 있었을 것으로 믿고 있었다.

형과 나는 이렇게 헤어지게 되었지만, 기요 할멈의 향후 거처가 문제였다. 형은 물론 데려갈 처지가 아니고 기요 할멈도 형의 꽁무니를 따라 규슈 촌구석까지 떠날 생각은 추호도 없다고 했다. 당시 나는 두 평 남짓 되는 싸구려 하숙방에 틀어박혀 지내고 있었다. 그마저도 여차하면 방을 비워 줘야 할 처지에 놓여 있었다. 이러지도 저러지도 못하는 상황이라 기요 할멈에게 직접 물어보았다.

"어디 가서 남의집살이라도 할 생각이야?"

한참 만에 결심한 듯 입을 열었다.

"도련님께서 집을 장만하고 장가를 드실 때까지는 달리 방법이 없으니 조카에게 신세를 질 수밖에 없지요."

할멈의 조카는 법원 서기라 당장 먹고사는 데는 별지장이 없다 보니까 이전에 올 생각이 있으면 와서 함께 살자고 두서너 차례 조카에게 권유를 받은 바 있었다. 하지만 비록 남의집살이일망정 그동안 정붙이고 살아온 집이 편하다며 사양했다고 한다. 이 나이에 낯선 집에 다시 들어가서 비위를 맞추며 눈칫밥을 먹느니 차라리 조카에게 신세를 지는 편이 더 낫다고 판단한 모양이었다. 그러면서도 나더러 집을 어서 장만하라는 둥 장가를 들라는 둥 그때는 가서 시중을 들겠다는 둥 혼자 주저리주저리 중얼거렸다. 혈육인 조카보다 피 한 방울 안 섞인 내게 더 정이 끌리는가 보다.

형이 규슈로 떠나기 이틀 전 하숙집으로 찾아와 돈 6백 엔을 내놓으며 이걸 밑천으로 장사를 하든지, 공부하는 데 필요한 학자금으로 쓰든지 나보고 알아서 하라고 했다. 그 대신 앞으로는 상관하지 않겠다고 언급했다. 형치고는 기가 막힌 처신이었다. 그깟 6백 엔쯤이야 받지 않아도 곤란할 것까지는 없다고 생각했으나 평소와 다른 형의 담박한 처신이 마음에 들어서 일단 고마움을 표하고 받았다. 그러고 나서 별도로 50엔을 주면서 기요 할멈에게 전달해 달라고 하기에 두말 않고 받았다. 이틀 후 도쿄 신바시 기차역에서 형과 나는 헤어진 뒤 서로 얼굴을 본 적이 한 번도 없다. 나는 잠자리에 드러누워 6백 엔을 어디다 어떻게 쓰는 게 좋을지 여러모로 생각해 보았다. 장사를 하자니 신경 써야 할 일이 한두 가지가 아니어서 잘 굴러갈 것 같지도 않고 또 6백 엔으로는 장사다운 장사를 하는 건 어림도 없었다. 설령 장사를 할 수는 있다고 하더라도 지금까지 배운 것만으로는 남들 앞에 나서서 교육을 받았답시고 떳떳하게 행세할 수도 없는 노릇이니 결국에는 손해만 볼 게 뻔했다. 6백 엔을 밑천으로 장사를 하는 건 접기로 하고 자금 따위는 아무래도 상관없으니, 이 돈을 학자금으로 충당해 공부를 하기로 마음먹었다. 6백 엔을 3등분 해 1년에 2백 엔씩 지출하면 3년 동안 공부할 수 있다. 3년 동안 학업에 열중하고 나면 뭐가 되어도 될 것이라고 생각했다. 그렇게 하기로 마음을 정한 후 막상 어느 학교에 들어가는 게 좋을지 생각해 봤지만, 선천적으로 공부라면 뭐가 되었든 싫었다. 특히 어학이라든가 문학 따위는 딱 질색이었다. 신체시는 스무 행 중에 단 한 행도 몰랐다. 어차피 공부가 싫다면 무슨 공부를 하든 마찬가지라는 생각이 들었다. 때마침 물리 학교 앞을 지나다가 신입생 모집 광고가 나붙은 걸 보고 이것도 인연이다 싶어 지원서를 받아 작성해서 바로 제출하고 입학 절차를 밟아 버렸다. 지금 생각하면 이것 또한 앞뒤 가리지 않는 기질을 부모에게서 물려받은 탓에 저지른 실수였다. 3년 동안 그럭저럭 다른 학생들만큼 공부를 하긴 했지만, 원체 공부에는 소질이 없다 보니 석차는 항상 꼴찌에서 세는 게 더 빨랐다. 그런데 3년이 지나자 신통하게도 졸업장이 나왔다. 스스로 의아하게 생각했지만 그렇다고 졸업장을 물릴 이유도 없고 해서 그냥 졸업장을 타 두었다. 졸업한 지 여드레째 되는 날 교장이 날 불러서 무슨 일일까 하고 찾아갔더니 이렇게 제의했다.

"시코쿠 지방에 있는 어느 중학교에서 수학 선생을 구한다는데 자네 갈 의향이 있는가? 월급은 40엔이래."

"예, 제가 가겠습니다."

나는 3년 동안 공부를 하긴 했지만 사실 선생이 되겠다는 생각도, 시골로 내려가겠다는 생각도 전혀 하지 않았다. 하기야 교사 말고는 딱히 뭘 하겠다는 복안도 없던 터라 제의를 받자마자 그 자리에서 가겠다고 대답을 해버렸다. 이것 역시 부모에게서 물려받은 기질 때문이었다.

일단 약속을 했기 때문에 부임해야만 했다. 지난 3년간은 두 평 남짓 되는 비좁은 하숙방에 칩거하면서 단 한 번도 잔소리를 들은 적도 없고, 싸울 일도 없었다. 내 생애에서 비교적 무사태평한 시절이었다. 하지만 이렇게 되고 나니 비좁은 그 하숙방도 비우고 떠나야 했다. 도쿄 이외의 땅을 밟아 본 건 같은 반 친구들과 함께 가마쿠라로 소풍을 갔을 때뿐이다. 이번에 밟게 되는 땅은 가마쿠라는 명함도 못 내밀 정도로 먼 곳이었다. 아득히 멀고도 먼 곳으로 떠나야 했다. 지도를 펼쳐 놓고 보니 바닷가에 바늘 끝만큼이나 작은 점으로 표시되어 있었다. 아무튼 변변한 곳은 아닐 것이다. 거기가 어떤 곳이고 어떤 사람들이 살고 있는지 모르겠다. 몰라도 곤란할 건 없었다. 걱정도 되지 않았다. 그저 갈 뿐이었다. 하지만 다소 번거롭기는 했다.

집을 처분하고 나서도 가끔 기요 할멈에게 들렀다. 할멈의 조카는 의외로 괜찮은 사람이었다. 내가 갈 때마다 집에 있기라도 하는 날에는 이것저것 챙겨 대접해 주었다. 기요 할멈은 내 면전에서 조카에게 시시콜콜 내 자랑을 늘어놓았다. 이제 곧 학교를 졸업하고 나면 고지마치에다 집을 장만하고 관청에 다니게 될 것이라고 마구 떠벌린 적도 있다. 혼자서 북 치고 장구 치는 통에 나는 쪽팔려서 얼굴이 화끈 달아오를 정도였다. 그것도 한두 번이 아니었다. 한 번은 내가 어릴 적 밤에 이부자리에 그만 실례를 해서 아침에 키를 뒤집어쓰고 이웃집에 소금을 얻으러 갔던 일까지 다 까발리는 통에 두 손 들고 말았다. 기요 할멈이 자랑조로 해대는 이야기를 조카는 무슨 생각을 하면서 듣고 있었는지 알 수 없다. 기요 할멈은 구시대 사람이어서 그런지 나와 본인과의 관계를 봉건주의 시대의 주종 관계인 것처럼 인식했다. 자신에게 주인이면 조카에게도 주인이라는 식으로 생각하고 있는 것 같았다. 애먼 조카만 꼴이 우습게 되고 말았다.

드디어 약속한 날짜가 임박했다. 내가 시코쿠로 떠나기 사흘 전에 기요 할멈을 찾아갔더니 고뿔에 걸려 한 평 반 남짓한 북향 방에 드러누워 있었다. 나를 보고 일어나기가 무섭게 대뜸 물었다.

"도련님, 집을 언제 장만하실 거예요?"

내가 졸업을 하기만 하면 돈이 저절로 호주머니에서 솟아나는 줄 알고 있는 것 같았다. 그토록 대단한 사람에게 여전히 그놈의 도련님 타령을 해대니 더욱 어처구니가 없었다. 나는 짧게 대답했다.

"당분간 집은 장만하지 않을 거야. 시골로 가게 됐어."

그러자 무척 실망한 표정을 지으며 헝클어진 희끗희끗한 귀밑머리만 자꾸 만지작거렸다. 하도 안쓰러워서 내가 위로라도 할 요량으로 이렇게 말했다.

"가긴 가지만 이내 돌아올 생각이야. 내년 여름방학 때는 꼭 돌아올게."

그래도 벌레 씹은 표정을 짓고 있기에 물어봤다.

"돌아올 때 선물을 사다 줄까 하는데 뭐가 좋을까?"

"조릿대 잎으로 싼 에치고의 사사아메(笹飴)*가 먹고 싶어요."

조릿대 잎으로 싼 에치고의 사사아메라 금시초문이었다. 무엇보다 에치고는 내가 가는 방향과는 달랐다.

"내가 가는 시골에는 조릿대 잎으로 싼 에치고의 사사아메가 없을 것 같은데."

"방향이 어느 쪽이에요?"

"서쪽이야."

"하코네 가기 전인가요? 더 너머인가요?"

나는 몹시 난처했다.

* 찹쌀과 조청을 반죽해 얼룩조릿대 잎에 싸서 햇볕에 말린 것으로 호리병박처럼 생긴 희읍스름한 사탕의 일종이며 원래는 조를 원료로 만들었으나 에도시대(1603~1867) 후기부터는 주로 찹쌀로 만들었다. 에치고는 니가타 현의 옛 지명이다.

시코쿠로 떠나는 날 아침부터 기요 할멈이 와서 이것저것 챙겨주었다. 내게 오는 길에 잡화점에 들러서 산 칫솔과 이쑤시개, 수건을 즈크 가방에 넣어주었다. 그런 건 필요 없다고 해도 통하지도 않았다. 나란히 인력거를 타고 신바시 기차역에 도착해 플랫폼으로 나가 기차에 오르는 나를 지그시 바라보며 기요 할멈이 작은 목소리로 말을 건넸다.

"이게 마지막이 될지도 모르겠군요. 부디 몸 건강하셔야 해요."

눈가에 눈물이 그렁그렁했다. 나는 눈물을 꾹 참았다. 하지만 하마터면 눈물이 터져 나올 뻔했다. 기차가 출발해 웬만큼 움직이고 나서 이젠 괜찮겠지, 하고 차창 밖으로 고개를 내밀고 돌아다보니 여전히 그 자리에 서 있었다. 어쩐지 그 모습이 무척 작아 보였다.

2

뿌와앙! 뱃고동 소리를 울리며 기선이 멈추자 거룻배가 해변을 떠나 노를 저어 다가왔다. 뱃사공은 빨간 훈도시만 차고 겨우 거시기만 가린 채 벌거벗은 것이나 다름없었다. 야만스럽기 짝이 없는 곳이었다. 하긴 이런 뙤약볕에 옷가지를 걸치고 노를 저을 수는 없을 것이다. 내리쬐는 햇볕이 워낙 강렬해 수면이 유난히 반짝거렸다. 가만히 바라보기만 해도 눈앞이 어찔어찔했다. 승무원에게 물어보니 나는 여기서 내려야 한다고 했다. 언뜻 보기에는 도쿄의 오모리* 정도 되는 자그마한 어촌이었다. 사람을 무시해도 분수가 있지 대체 나더러 이런 데서 어떻게 살라는 거야, 하고 생각했다. 하지만 어쩔 수가 없었다. 나는 기세등등하게 맨 먼저 거룻배로 뛰어내렸다. 뒤따라 대여섯 명이 옮겨 탔다. 그 밖에 큼지막

* 당시는 에바라군(荏原郡)에 속한 어촌이었으나 현재는 도쿄의 오타(大田)구이다.

한 상자를 네 개쯤 옮겨 실은 다음 뱃사공은 노를 저어 뭍으로 향했다. 거룻배가 도착했을 때도 내가 제일 먼저 뛰어내려 뭍에 올랐다. 물가에 서 있던 코흘리개에게 다짜고짜 중학교가 어디냐고 물어보았다. 코흘리개는 멀뚱거리며 대답했다.

"잘 모르겠심더."

어수룩한 촌놈 같으니라고. 고양이 이마빼기만 한 동네에 살면서 중학교가 어디에 있는지도 모르는 녀석이 어디 있단 말인가? 그때 소맷자락이 없는 통소매 옷을 입은 사내가 다가와 따라오라고 해서 뒤따라갔더니 '미나토야'라는 여관으로 나를 안내했다. 요상한 여자들이 입을 모아 "어서 오세요." 하고 인사를 하는 바람에 들어가기가 영 싫었다. 문간에 서서 중학교가 어딘지 물어보았더니 기차로 한 8킬로미터쯤 더 가야 한다고 했다. 그 소리에 더욱 들어가고 싶지가 않았다. 나는 통소매를 입은 사내에게서 가방 두 개를 도로 빼앗아 들고 어기적어기적 걷기 시작했다. 여관에 있던 사람들이 묘한 표정으로 나를 쳐다보았다.

기차역은 수월하게 금방 찾았다. 기차표를 구하는 데도

아무런 어려움이 없었다. 기차에 올라타고 보니 성냥갑처럼 생겼다. 덜커덩덜커덩 한 5분이나 달렸나 싶었는데 벌써 내려야만 했다. 어쩐지 기차 삯이 싸다 했다. 고작 3전이다. 기차역에서 인력거를 대절해 중학교로 갔더니 방과 후라 아무도 없었다. 숙직원은 볼일이 있어 잠시 외출했다고 사환이 알려주었다. 팔자 좋은 숙직도 다 있구나, 하고 생각했다. 교장 선생님이라도 찾아뵐까 생각도 했지만, 몸이 천근만근이라 인력거꾼에게 적당한 여관으로 데려다 달라고 부탁했다. 힘차게 내달려 '야마시로야'라는 여관 앞에 갖다 댔다. 야마시로야는 간타로네 전당포 이름과 같아서 별일이다 싶어 웃음이 나왔다.

어찌 된 일인지 여종업원이 나를 2층으로 올라가는 계단 밑에 있는 어둠침침한 방으로 안내했다. 더워서 그냥 있을 수가 없어서 이런 방은 싫다고 했더니, 공교롭게도 방이 모두 찼다며 가방을 내팽개친 채 나가버렸다. 어쩔 수 없이 방에 들어가 땀을 삘삘 흘리며 참고 있었다. 잠시 후 목욕을 하라고 해서 목욕탕에 첨벙 뛰어들었다가 금방 나왔다. 방으로 돌아가는 길에 기웃거리며 들여다보니 시원해 보이는 방이 수두룩했다. 이런 괘씸한 자들 같으니라고. 내게 거짓말을 한 것이었다. 잠시 후 여종업원이 밥상을 차려 왔다. 방 안은 찜통이었지만 밥은 도쿄 간다의 하숙집보다 훨씬 맛있었다. 여종업원이 시중을 들면서 말을 건넸다.

"어디서 오셨어요?"

"도쿄요."

"도쿄는 참 좋은 곳이지요?"

"당연하죠."

물린 밥상을 들고 나간 여종업원이 부엌에 갔을 때쯤 웃음소리가 크게 들렸다. 영 시답지 않아서 곧장 잠자리에 들었다. 하지만 좀처럼 잠이 오지 않았다. 더워서만은 아니었다. 몹시 떠들썩했다. 간다의 하숙집보다 다섯 배쯤은 더 시끄러웠다. 꾸벅꾸벅 졸다가 기요 할멈 꿈을 꿨다. 조릿대 잎으로 싼 에치고 사사아메를 통째로 게걸스럽게 씹어 먹고 있었다. 조릿대 잎은 몸에 해로우니 먹지 않는 게 좋다고 했더니, "아니에요. 이 조릿대 잎은 몸에 좋은 약이에요." 하면서 맛나게 먹고 있었다. 하도 어이가 없어서 내가 입을 크게 벌리고 하하하하 웃다가 그만 잠에서 깨어 버렸다. 여종업원이 덧문을 열어젖히고 있었다. 여전히 하늘에 구름 한 점 없이 날씨가 쾌청했다.

여행을 하다가 여관에 묵을 때는 응당 팁을 줘야 한다고 들었다. 좁고 어둠침침한 이런 방에 나를 밀어 넣은 것도 내가 팁을 주지 않아서 그랬을지도 모른다. 볼품없는 행색에다 즈크 가방과 싸구려 박쥐우산을 지녔기 때문일 것이다. 촌뜨기들 주제에 감히 나를 얕봤단 말이지? 어디 한번 팁을 두둑이 얹어 줘서 놀라 자빠지게 해 주마. 이래 봬도 나는 학비로 충당하고 남은 돈 30엔을 가지고 도쿄를 떠나왔다. 기차와 뱃삯, 잡비를 다 제하고도 아직 14엔쯤 남아 있다. 앞으로는 월급을 탈 테니까 남은 돈을 몽땅 팁으로 줘 버려도 상관없었다. 촌뜨기들은 쩨쩨해서 5엔만 집어줘도 놀라 자빠질 게 뻔했다. 어떻게 나오는지 두고 볼 요량으로 얼굴을 씻고 방으로 돌아와 시치미를 떼고 기다리고 있었다. 잠시 후 엊저녁의 그 여종업원이 밥상을 들고 나타났다. 쟁반을 받쳐 들고 밥상머리에서 시중을 들면서 밥맛 떨어지게 능글맞게 웃었다. 버르장머리 없는 년이었다. 내 얼굴에 뭐가 묻은 것도 아닐 테고. 이래 봬도 네년의 상판대기보다는 훨씬 낫다. 밥을 다 먹고 나서 주려고 했으나 화딱지가 나서 밥을 먹다가 5엔짜리 지폐를 한 장 꺼내, 이따가 카운터에 갖다 주라고 했더니 어리둥절한 표정을 지었다. 그리고 밥상을 물리고 나서 곧장 학교로 향했다. 구두는 닦여 있지 않았다.

학교는 어제 인력거를 타고 가 봐서 대략 위치는 알고 있었다. 사거리를 두세 번 돌아가자 바로 교문이 나왔다. 교문에서 현관까지는 화강암을 깔아 놓았다. 어제 인력거를 타고 바로 이 포석 위를 지날 때 덜커덩거리는 소리가 얼마나 요란하던지 좀 난처했다. 학교로 향하던 중에 고쿠라 지방의 질긴 면직물로 만든 교복을 착용한 학생들이 눈에 많이 띄었는데 모두 이 교문으로 들어갔다. 개중에는 나보다 키가 크고 다부져 보이는 학생들도 있었다. 저런 녀석들을 가르쳐야 한다고 생각하니 어쩐지 기분이 꺼림칙했다. 명함을 내밀자 나를 교장실로 안내했다. 교장은 구레나룻이 듬성듬성 난 데다가 피부색이 까무잡잡하고 눈이 커다란 너구리처럼 생긴 사내였다. 아니꼬울 만큼 거드름을 피웠다. 아무쪼록 앞으로 열성을 다해서 수업에 임해주길 바란다며 큼지막한 교장 직인이 찍힌 임명장을 공손하게 내게 내밀었다. 이 임명장은 나중에 도쿄로 돌아갈 때 돌돌 말아서 바다에 내던져 버렸다. 교장은 이제 곧 교직원을 소개할 테니 그 사람들에게 일일이 이 임명장을 보여 주라고 언급했다. 거추장스런 요식 행위다. 그런 성가신 절차를 거치느니 차라리 임명장을 사흘쯤 교무실 벽에다 붙여 놓는 편이 낫겠다.

교직원들이 교무실에 다 모이려면 1교시 수업을 마치는 종소리가 울려야만 했다. 아직도 시간이 꽤 남았다. 교장은 시계를 꺼내 들여다보면서 앞으로 차차 허물없이 이야기할 생각이지만, 우선 대략적으로 알고 있으라며 교육 정신에 관하여 장황하게 설교를 늘어놓았다. 물론 나는 대충 흘려듣고는 있었지만 듣다 보니 이거 정말 내가 황당한 곳에 왔구나, 하는 생각마저 들었다. 교장의 말대로는 도저히 감당할 수가 없었다. 나처럼 좌고우면하지 않는 사람에게 학생들의 모범이 되라는 둥 한 학교의 사표(師表)로서 공경을 받아야 한다는 둥 학문을 떠나서 개인의 덕으로 감화하지 못하면 진정한 교육자가 될 수 없다는 둥 터무니없고 과도한 요구 사항을 마구 늘어놓았다. 그렇게 훌륭한 사람이면 그깟 월급 40엔을 받고 멀고도 먼 이런 촌구석까지 내가 올 리 만무하지 않았겠는가. 인간들이란 대개 엇비슷한 법이다. 화가 나면 누구든 한 번쯤은 싸움도 하기 마련이다. 하지만 이런 식이고 보면 좀처럼 입도 뻥긋할 수도 없을 뿐 아니라 산책도 마음대로 할 수 없겠다 싶었다. 이처럼 까다로운 역할을 해야 한다면 채용하기 전에 미리 이러저러하다고 말을 해 주든지. 나는 거짓말하는 게 딱 질색이라 어쩔 수가 없었다. 속아서 온 것으로 단정하고 이쯤에서 과감하게 거절하고 도쿄로 돌아가기로 마음먹었다. 여관에 팁으로 5엔을 줘 버리는 바람에 수중엔 돈이 9엔 정도밖에 없었다. 남은 돈 9엔으로는 도쿄까지 갈 수도 없었다. 팁을 주지 말 걸 그랬다. 괜한 객기를 부렸다. 하지만 9엔으로 어떻게 해 볼 방법이 없는 건 아니었다. 노잣돈이 모자라는 한이 있어도 거짓말을 하는 것보다 낫다고 생각했다.

"교장 선생님께서 하신 말씀대로는 도저히 실천할 수 없을 것 같습니다. 이 임명장을 도로 반납하겠습니다."

그러자 교장은 너구리처럼 생긴 눈을 깜빡거리면서 내 얼굴을 쳐다보았다.

"방금 내가 한 말은 어디까지나 희망사항일 뿐입니다.

선생께서 이와 같은 희망사항을 액면 그대로 실천할 수 없다는 사실을 잘 알고 있습니다. 걱정하지 않아도 됩니다."

교장은 이렇게 말하며 웃었다. 그렇게 잘 알고 있다면 처음부터 겁을 주지나 말았어야지.

그럭저럭하는 사이에 종소리가 울렸다. 교실 쪽이 갑자기 시끌벅적했다. 이젠 교직원들도 교무실에 다 모였을 거라며 앞장서기에 그 꽁무니를 따라 교무실로 들어갔다. 기다랗고 널찍한 교무실에 책상을 나란히 하고 모두 자리에 앉아 있었다. 내가 들어서자 무슨 동물원 원숭이도 아니고 약속이나 한 것처럼 일제히 나를 쳐다보았다. 나는 교장이 일러준 대로 한 사람 한 사람 앞에 가서 임명장을 내밀어 보이며 인사를 했다. 선생님들 대부분은 자리에서 일어나 약간 허리를 구부리는 정도인데, 꼼꼼한 사람은 내민 임명장을 받아 들고 한번 훑어보고 나서 공손하게 돌려주었다. 마치 가설무대에서 펼치는 삼류 연극 흉내를 내는 것 같았다. 동일한 동작을 계속해서 되풀이하다 보니, 열다섯째 체육 선생 차례가 되었을 즈음에는 은근히 짜증이 났다. 상대방은 한 번이면 되지만 나는 같은 동작을 열다섯 번이나 반복해야만 했다. 남의 처지도 좀 배려해 주면 좋으련만.

인사를 나눈 사람들 중에 교감 아무개도 있었다. 이 양반은 문학사란다. 문학사면 대학교를 졸업했으니 분명 엘리트일 것이다. 묘하게 여자처럼 간드러진 목소리를 내는 사람이었다. 이런 삼복더위에 플란넬 남방을 입고 있다는 사실이 나를 더욱 놀라게 했다. 원단이 다소 얇긴 하더라도 더울 게 뻔했다. 문학사인 만큼 고생이 이만저만이 아닌 차림을 한 셈이었다. 게다가 빨간색 남방이라니, 사람들을 우습게 봐도 유만부동이었다. 나중에 들으니 이 양반은 고집스럽게 일 년 내내 이 빨간색 남방만 입는다고 했다. 별난 희귀병도 다 있었다. 당사자의 설명에 따르면 빨간색은 몸에 약이 되기 때문에 건강을 생각해서 일부러 맞춰 입는다고 했다. 걱정도 팔자다. 그럴 바엔 아예 윗도리고 바지고 뭐고 할 것 없이 죄다 빨간색으로 도배를 하지 그래. 그리고 영어 선생 고가 씨가 있었다. 이 사람은 안색이 영 형편없었다. 얼굴이 창백한 사람들은 대체로 야위기 마련인데, 이 사내는 창백하면서도 살이 올라 오동통했다. 내가 초등학교 다닐 때 한 반 친구 중에 아사이 다미가 있었는데, 그 친구 아버지 안색이 꼭 이랬다. 농부였기 때문에 농사꾼이 되면 얼굴색이 다 저렇게 되느냐고 기요 할멈에게 물어보니 "그런 게 아니라 그 사람은 끝물 호박만 먹어서 창백하고 오동통한 거예요." 하고 가르쳐 주었다. 그때부터 나는 창백하고 오동통한 사람들만 보면 무조건 끝물 호박만 먹은 탓이라고 단정했다. 이 영어 선생 고가 씨도 끝물 호박만 먹는 게 틀림없었다. 그런데 나는 끝물 호박이 어떤 것인지 아직도 모른다. 기요 할멈에게 물어본 적이 있는데, 그저 웃기만 할 뿐 말해 주지 않았다. 아마 기요 할멈도 모르고 있었을 것이다. 그리고 나처럼 수학 선생 중에 홋타 씨가 있었다. 이 사람은 다부진 체격에 까까머리를 하고 있어서 히에이잔(比叡山) 산에 있는 엔랴쿠지(延曆寺) 절의 승병*을 연상시키는 상판대기였다. 내가 공손하게 임명장을 내밀었더니 아예 거들떠보지도 않고 대뜸 한다는 말이 이랬다.

"어이구, 그대가 이번에 새로 부임한 사람인가? 조만간

* 교토시 북동부와 시가 현의 경계에 있는 산이며 엔랴쿠지 절이 있어서 예부터 영산(靈山)으로 유명하고, 엔랴쿠지 절 소속의 사병(私兵)으로, 헤이안 시대 후기부터 불법 보호를 명목으로 무예를 닦아 전투에 임한 승려를 말한다.

놀러 오게. 하하하!"

하하하는 무슨 얼어 죽을 하하하? 예의범절도 모르는 놈에게 누가 놀러 가기나 할까보냐? 나는 이때부터 몽구리에게 '높새바람'이라는 별명을 붙였다. 한문 선생은 역시 품행이 방정한 사람이었다.

"어제 도착해서 몹시 피곤하실 텐데, 벌써 이렇게 수업을 시작하시다니 열성이 대단하시고……."

쉴 새 없이 이런 말까지 늘어놓는 걸 보니 붙임성이 꽤 좋은 노인장이었다.

미술 선생은 꼴이 영락없는 기생오라비였다. 하늘거리는 비단 하오리*를 걸치고 쥘부채를 폈다 접었다 하며 말을 걸었다.

"고향이 어디시온지? 네? 도쿄요? 이거 참 반갑구려. 한 고향 동료가 생겨서……. 이래 봬도 나도 도쿄 본토박이이외다."

이런 자가 도쿄 토박이라면 도쿄에서 태어나지 말걸 그랬다는 생각을 속으로 했다. 그 외에도 한 사람 한 사람에 관

* 일본 옷 위에 입는 짧은 겉옷이다.

하여 이런 식으로 쓰자면 얼마든지 쓸 수 있지만 한도 끝도 없을 것 같아서 이쯤에서 각설하기로 한다.

얼추 인사가 끝나자 교장이 오늘은 이만 돌아가서 쉬어도 좋다. 하지만 수업에 관한 사항은 수학 주임과 상의한 후 수업은 모레부터 시작해 달라고 했다. 수학 주임이 누구냐고 물으니 바로 그 높새바람이라고 했다. 저런 인간 밑에서 앞으로 일을 해야 하다니, 못마땅하고 실망이 이만저만이 아니었다. 높새바람이 내게 이런 말을 던지고 분필을 챙겨 들고 교무실을 나섰다.

"이보게, 자넨 어디서 묵고 있나? 야마시로야라고 했던가? 알았어. 방과 후에 내가 상의하러 갈 테니 그리 알게."

주임 나리께서 상의하러 손수 찾아오겠다니, 줏대도 없는 사내였다. 그래도 나더러 오라니 가라니 하지 않고 제 발로 오겠다고 하니 얼마나 기특한 일인가.

잠시 후 교문을 나서긴 했지만 곧장 야마시로야로 돌아가 본들 딱히 할 일도 없고 해서 막간에 동네나 한 바퀴 돌아 볼 요량으로 발길이 향하는 대로 무작정 돌아다녔다. 현 청사도 보았는데 지난 세기에 지어진 낡고 오래된 건축물이었다. 병

영도 보았다. 도쿄 아자부(麻布)*에 있는 연대보다 훨씬 못했다. 번화한 중심가도 구경했다. 도로 폭은 도쿄 가구라자카의 절반 정도로 좁았고, 늘어선 상점들과 집들도 그에 비해 영 못 미쳤다. 옛날 에도시대 때 25만 석의 봉록을 받던 성시(城市)라더니, 그다지 대수롭지 않은 곳이었다. 이런 곳에 살면서 성시에서 산다고 뻐기며 깝죽대는 사람들이 정말로 가소롭기 짝이 없다는 생각을 하며 걷다 보니 어느새 야마시로야 여관이 바로 눈앞에 나타났다. 너른 것처럼 보여도 좁은 곳이었다. 이 정도면 대강 둘러본 셈이었다. 들어가 밥이나 먹으려고 대문 안으로 들어섰다. 그러자 카운터에 앉아 있던 안주인이 나를 보자마자 부리나케 달려 나와 잘 다녀오셨냐며 코가 마룻바닥에 닿을 정도로 깍듯이 인사를 했다. 구두를 벗고 올라서자 빈방이 났다며 여종업원이 나를 2층으로 안내했다. 널찍한 도코노마(床の間)**가 딸린 행길 쪽 7.5평가량 되는 방이었다. 이렇게 근사한 방에 들어가 본 건 난생

* 당시 도쿄 아자부(현 미나토구)에는 육군 제1사단 제3연대가 주둔했다.

** 일본 다다미방의 정면에 바닥을 한 층 높여 만든 곳으로 벽에 족자를 걸고 바닥에 도자기·꽃병 등을 장식해 둔다.

처음이다. 앞으로 언제 또 이런 방에 들어와 볼 수 있을지 몰라서 나는 양복을 벗고 유카타만 걸친 채 방 한복판에 큰 대자로 드러누워 보았다. 기분이 날아갈 것만 같았다.

점심밥을 먹은 후 바로 기요 할멈에게 편지를 썼다. 나는 문장력이 영 신통찮은 데다 단어 구사력마저 달리는 판이라 편지 쓰는 게 딱 질색이었다. 또 마땅히 편지를 보낼 데도 없었다. 하지만 기요 할멈은 한걱정을 하고 있을 것이다. 혹여 배가 뒤집혀서 죽지는 않았는지 이런저런 걱정을 하게 내버려 둘 수는 없었다. 한껏 마음을 다잡고 장문의 편지를 써서 보냈다. 그 내용은 이랬다.

> 어제 무사히 도착했어. 영 보잘것없는 곳이야. 7.5평짜리 여관방에 묵고 있어. 여관에 팁을 5엔 주었더니 안주인이 코가 마룻바닥에 닿을 정도로 깍듯이 인사를 하더군. 간밤엔 잠을 설쳤어. 할멈이 조릿대 잎으로 싼 에치고 사사아메를 통째로 먹는 꿈을 꾸었거든. 내년 여름에는 도쿄로 돌아갈 거야. 오늘 학교에 출근해서 여러 선생에게 별명을 하나씩 붙여주었어. 교장은 너구리, 교감은 빨간 남방,

영어 선생은 끝물호박, 수학 주임은 높새바람, 미술 선생은 따리꾼이야. 요다음에 또 여러 가지 이야기를 써서 보낼게. 그럼 안녕.

편지를 쓰고 나니 마음이 한결 홀가분해서인지 졸음이 몰려와 아까처럼 방 한복판에 큰 대자로 쭉 뻗고 드러누워 잤다. 이번에는 꿈도 꾸지 않고 세상모르게 푹 잤다. "이 방인가?" 하는 큰 소리에 눈을 떠보니 높새바람이 방으로 들어섰다.

"아까 학교에서는 미안했네. 자네가 담당해야 할……."

내가 일어나자마자 대뜸 본론부터 꺼내는 바람에 나는 무척 당혹스러웠다. 하지만 내가 맡아야 할 내용을 들어보니 특별히 어려운 일 같지도 않고 해서 알았다고 대답했다. 그 정도 일이라면 모레까지 갈 것도 없이 당장 내일부터 수업을 하라고 해도 거뜬히 해낼 자신이 있었다. 수업과 관련한 의논이 끝나자 높새바람이 내게 이렇게 할 것을 권했다.

"자네, 언제까지고 이런 여관에서 묵을 작정은 아닐 것이고, 내가 괜찮은 하숙집을 소개해 줄 테니 거기로 옮기지. 다른 사람은 몰라도 내가 부탁하면 바로 받아 줄 거야. 하루바삐 옮기는 게 좋으니까 오늘 가서 보고 내일 거기로 짐을 옮기고 모레부터 학교에 출근하면 마침맞겠어."

하기야 높새바람 말마따나 내가 7.5평이나 되는 큰 방에서 언제까지고 지낼 수도 없는 노릇이었다. 월급을 타서 몽땅 숙박비로 지불한다고 해도 감당하기가 버거울지도 모른다. 팁을 후하게 5엔이나 주고 금방 옮기는 건 좀 억울하긴 하지만, 어차피 옮길 거라면 하루바삐 이사를 해서 안정을 찾는 편이 낫겠다는 생각이 들었다. 높새바람에게 그 일은 알아서 잘 도와 달라며 맡겼다. 그러자 우선 함께 가 보자고 해서 따라갔다. 집은 시가지에서 좀 벗어난 곳의 언덕배기에 있고 매우 한적했다. 바깥주인은 아카긴이라는 사람이고 골동품 매매를 하고 있었다. 안주인은 남편보다 네 살가량 나이가 더 들어 보였다. 내가 중학교 다닐 때 윗치(witch, 마녀)라는 영어 단어를 배운 적이 있다. 이 안주인이 바로 그 윗치와 닮았다. 위치든 말든 남의 여편네이니 내가 상관할 바 아니었다. 결국 다음 날 이사하기로 했다. 돌아오는 길에 번화가에서 높새바람이 내게 빙수를 한 잔 사 주었다. 학교에서 대면했을 때는 이런 시건방지고 몰지각한 놈이 다 있나 싶었는데, 여러모로 이렇게 세심하게 배려를 해 주는 걸 보면 그렇게 못된 사내는 아닌 것처럼 보였다. 다만 나처럼 다혈질이라 툭하면 불뚝성을 잘 내는 타입인 것 같았다. 높새바람이 재학생들에게 가장 신망이 두터운 선생이라는 사실을 나중에 듣고 알았다.

3

마침내 학교에 출근을 했다. 처음 교실에 들어가 교단에 올라섰을 때는 어쩐지 기분이 좀 얼떨떨했다. 수업을 하면서 과연 나도 선생 노릇을 할 수 있을까 싶은 생각이 들었다. 학생들은 떠들어 댔다. 때때로 귀청이 떨어져 나갈 만큼 커다란 소리로 '선생님!' 하고 불렀다. 선생님이라 부르는 소리에는 가슴이 콩닥콩닥했다. 어쩐지 발바닥이 근질근질했다. 얼마 전까지 물리학교에 다니면서 나날이 선생님, 선생님, 하고 불러서 부르는 데는 이골이 났지만, 선생님으로 불리는 것과 부르는 것은 하늘과 땅 차이였다. 나는 비겁한 사람도 겁이 많은 사내도 아니었다. 다만 애석하게도 담력이 약했다. 쩌렁쩌렁한 목소리로 '선생님!' 하고 외칠 때마다 허기가 졌을 때 마루노우치에서 쏘아 올리는 오포(午砲)* 소리를 듣

* 당시 도쿄에서 공포를 쏘아 시민들에게 정오(正午)를 알렸다. 1871년 시작해 1929년 폐지되었다.

는 것만 같았다. 첫 수업은 적당히 마무리하고 마쳤다. 특별히 난처한 질문도 받지 않았다. 교무실로 갔더니 높새바람이 "어때, 할 만했냐?"고 묻기에 "네." 하고 짧게 대답하자 높새바람은 안심하는 듯한 눈치였다.

분필을 들고 둘째 시간 수업을 하려고 교무실을 나설 때는 어쩐지 적지에 들어가는 듯한 기분이 들었다. 교실에 들어서자 이번 반 학생들은 첫 수업을 하러 들어간 반 학생들에 비해 덩치가 큰 녀석들뿐이었다. 나는 도쿄 토박이라 호리호리하고 덩치가 작아서 아무리 높은 교단에 올라선들 위엄차게 보이지 않았다. 싸움질이라면 씨름 선수와도 맞붙어 겨룰 자신이 있었다. 하지만 이렇게 덩치가 큰 녀석들을 마흔 명이나 앉혀 놓고 세 치 혀만으로 아무리 나불거려봤자 휘어잡을 재간은 없었다. 그러나 이런 촌닭들에게 자칫 약점이라도 잡히면 버릇이 될 것 같아서 가능한 한 목청을 높여 혀끝을 약간 말듯이 빠른 말로 수업을 진행했다. 그러자 처음에는 학생들도 내 연막작전에 말려들었는지 멍하니 듣고만 있기에 고소하다는 생각을 하면서 더욱 기세를 올려 위압적 어조로 수업을 진행했다. 그러자 맨 앞줄 한가운데 앉은 가장 힘이 세 보이는 녀석이 자리에서 벌떡 일어나 큰 소리로 외쳤다.

"선생님!"

'아이코, 올 게 왔군.'

속으로 이렇게 생각하면서 물었다.

"그래, 무슨 일이냐?"

"말이 하도 빨라가 잘 몬 알아듣겠십니더. 쪼매 천천히 해 주이소 고마."

"해 주이소 고마, 라니 그건 버르장머리 없는 말투야. 내 말이 빠르다면 천천히 해 주겠다. 하지만 나는 도쿄 본토박이라 너희처럼 사투리를 할 줄 모른다. 알아듣지 못하면 알아들을 수 있을 때까지 기다리는 수밖에 없다."

둘째 시간은 생각보다 무난하게 이 정도로 마쳤다. 다만 교실을 막 나서려는데 한 학생이 나를 불러 세웠다.

"선생님, 이 문제 좀 풀어 주이소."

이내 풀 수도 없을 것처럼 보이는 기하 문제를 내미는 바람에 식은땀이 났다.

"나도 잘 못 풀겠다. 다음 시간에 알려 주마."

이렇게 말하고 얼른 밖으로 나와 버렸다. 그러자 학생들이 "와아!" 하고 야유하는 소리가 들렸다. 개중에는 "못 푼단다, 못 푼다고 안 카나." 하는 소리도 들려왔다.

'이런 등신들, 선생도 못 푸는 문제가 있기 마련이지. 못 푸니까 못 푼다고 솔직하게 말한 건데 그게 뭐가 어때서. 그런 기하 문제를 금방 풀 수 있는 사람이면 월급 40엔을 받고 이 촌구석까지 내가 오겠나?'

이런 생각을 하면서 교무실로 돌아갔더니 이번에도 높새바람이 "할 만했냐?"고 묻기에 "네." 하고 대답했다. 그것만으로는 성에 차지 않아서 "이놈의 학교 학생들은 벽창호야." 하고 덧붙였더니 높새바람이 묘한 표정을 지었다.

셋째 시간과 넷째 시간, 점심시간 이후 한 시간도 대동소이했다. 첫날은 수업하러 들어간 반마다 조금씩 실수를 범했다. 선생 역할은 옆에서 보는 것과는 달리 만만치가 않다는 생각이 들었다. 대충 수업은 모두 마쳤지만, 퇴근은 아직 할 수 없었다. 3시까지 우두커니 마냥 기다려야만 했다. 3시가 되면 담임을 맡은 반 학생들이 교실 청소를 마치고 검사를 맡으러 오면 청소 상태를 점검해야 한다고 했다. 그런 다음 출석부를 재확인하고 나서야 겨우 일과가 마무리됐다.

아무리 월급에 매인 몸이라지만 빈 시간까지 붙들어 놓고 애먼 책상과 눈싸움이나 하게 만들다니, 세상 천지에 이런 법이 어디 있단 말인가. 하지만 다른 선생들은 모두 군소리 없이 규정에 따르고 있는데 신참인 나만 떼를 쓰는 건 경우가 아니다 싶어 참았다. 퇴근길에 높새바람에게 하소연했다.

"이보게, 3시가 넘을 때까지 선생들을 붙잡아 두는 건 어리석은 짓이야."

"그러게 말이야. 하하하하!"

높새바람은 금세 웃음을 거두고 정색을 하며 충고조로 이렇게 말했다.

"자네, 학교에 관해 불평을 늘어놓으면 곤란해. 할 말이 있거든 내게만 하게. 별 이상한 사람들이 다 있으니까."

사거리에서 헤어지는 바람에 자세한 이야기를 물어볼 겨를이 없었다.

그러고 나서 하숙집으로 돌아갔더니 주인이 "차 한 잔 하시죠." 하며 내 방으로 들어섰다. 차를 한 잔 하자고 하기에 내게 차를 한 잔 대접을 하려나 싶었더니 웬걸, 내 차를 끓여 아무 거리낌도 없이 마셔댔다. 이런 식이면 주인 없는 방에 맘대로 들락거리며 혼자서 '차 한 잔 하시죠.'를 남발하게 될지도 모른다.

"저는 서화 골동품을 워낙 좋아해서 결국 암암리에 이런 장사를 시작하게 되었어요. 보아하니 선생께서도 꽤나 풍류를 즐기실 것처럼 뵈는데 이참에 취미 삼아 좀 해 보시는 건 어떠신지?"

생뚱맞게 이런 권유를 했다. 두 해 전에 내가 어떤 사람의 심부름으로 데이코쿠 호텔*에 갔을 때는 열쇠수리공으로 오인을 받은 적도 있었다. 모포를 걸치고 대불상을 구경하러 가마쿠라에 갔을 때는 인력거꾼이 내게 '나리'라고 불렀다. 그것 말고도 여태껏 나를 잘못 알아본 경우는 허다하지만, 나더러 꽤나 풍류를 즐길 거라고 말한 사람은 아무도 없었다. 차림새라든가 모습을 보면 대개 알 수 있었다. 그림에서 보더라도 풍류인들은 두건을 쓰고 단자쿠**를 들고 있기

* 1890년 당시 도쿄 고지마치(麴町)에 건립한 최신식 서양식 호텔이다.

** 단가(短歌: 5·7·5·7·7의 5구 31음절로 된 일본 고유의 정형시)·하이쿠(俳句: 5·7·5의 3구 17음절로 된 일본 고유의 단시)를 쓰는 데 필요한 것으로 보통 가로 6cm, 세로 36cm 정도의 두껍고 조붓한 종이를 말한다.

마련이다. 행색이 이런 나더러 풍류인처럼 뵌다며 능청을 떠는 걸 보니 이 자는 보통내기가 아니었다.

“한량이나 노인장들이 하는 그런 취미에는 별 관심이 없습니다.”

내가 이렇게 대답하자 주인은 헤헤헤헤 웃으며 말했다.

“아니, 처음부터 좋아하는 사람은 아무도 안 계세요. 하지만 일단 이 길에 들어서기만 하면 좀처럼 빠져나가지 못하게 된다니까요.”

주인은 묘한 손동작으로 혼자 차를 따라 마셨다. 사실은 내가 엊저녁에 좀 사다 달라고 부탁을 한 차였다. 이처럼 진하고 쓴맛이 강한 차는 싫었다. 한 잔만 마셔도 위가 쓰렸다. 다음에는 좀 덜 쓴 차를 사 달라고 하자 알았다고 대답하면서 또 한 잔 따라 마셨다. 남의 차라고 마구 마셔 대는 형편없는 인간이었다. 주인이 물러가고 나서 나는 다음 날 수업할 내용을 미리 좀 훑어본 후 곧장 잠자리에 들었다.

그 다음 날부터는 규칙적으로 매일 학교에 출근해서 일과를 마치고 집에 돌아오면 주인이 하루도 빠짐없이 “차 한 잔 하자.”며 나를 맞이했다. 일주일쯤 지나자 학교가 어떻게 돌아가는지도 대략 파악할 수 있게 됐고, 하숙집 내외의 됨됨이도 어느 정도 알 수 있게 되었다. 다른 선생들의 말에 따르면 임명장을 받은 후 일주일에서 한 달 사이에는 자신의 평판이 양호한지 나쁜지 무척 예민하게 신경을 쓴다고 했다. 그런데 나는 그런 것에는 전혀 신경도 쓰지 않았다. 어쩌다 교실에서 실수를 했을 때는 그 순간에만 기분이 언짢다가도 한 30분만 지나고 나면 깨끗이 잊어버렸다. 나는 무슨 일이든 가슴에 오래 담아두고 걱정을 하려 해도 걱정이 되지 않는 사람이다. 교실에서 한 실수가 학생들에게 어떤 영향을 미치든 그 영향이 교장과 교감에게 어떤 반향을 불러일으키든 전혀 관심이 없었다. 나는 앞서 말한 바와 같이 배짱이 두둑한 사내는 아닐지언정 끊고 맺는 건 무척 빠른 사람이다. 이 학교에서 계속 몸담을 수 없게 된다면 언제든 즉시 다른 데로 떠날 각오를 하고 있었기 때문에 너구리도 빨간 남방도 전혀 두렵지가 않았다. 그런 마당에 교실에서 코흘리개들에게 아양을 떨거나 마음에도 없는 입에 발린 소리를 하고 싶은 생각은 추호도 없었다. 학교는 그나마 그렇게 하면 되겠는데, 하숙집은 그렇게 간단치가 않았다. 주인이 차만 마시러 오는 것이라면 그냥 참고 말겠는데, 갖가지 물건들을 들고 찾아왔다. 처음에는 무슨 낙관용 인장 재료인지 뭔지 열 가지쯤 가져와 죽 펼쳐놓고 다 해서 3엔이면 싼 거라며 사라고 권했다. 내가 무슨 시골을 떠돌아다니는 돌팔이 환쟁이도 아니고 그런 건 필요 없다고 거절했다. 그러자 이번에는 가잔(華山)인지 뭔지 하는 남자 화가가 그린 화조도(花鳥圖) 족자를 가지고 왔다. 자기 맘대로 도코노마에 걸어 두고 정말 근사하지 않느냐고 하기에 내가 글쎄요, 하고 시큰둥하게 대답을 했다. 그러자 가잔이라는 이름을 가진 화가는 두 사람이 있는데, 한 사람은 와따 아무개 가잔이고, 다른 한 사람은 요코 아무개 가잔이란다. 이 족자는 그 아무개 가잔의 것이라며 불필요한 설명을 늘어놓은 연후에 나더러 사라며 채근했다.

"어떻습니까? 선생님께는 15엔에 드릴 테니 이참에 구입하시지요."

돈이 없다고 거절하자 돈이야 뭐 나중에 언제든 줘도 괜찮다며 찰거머리처럼 들러붙기에 그때는 돈이 있어도 사지 않겠다며 내쫓아 버렸다. 그다음에는 크기가 귀와(鬼瓦) 정도 되는 큼지막한 벼루를 짊어지고 들이닥쳤다.

"이것은 단계(端溪)*입니다. 단계, 단계요."

두서너 번이나 단계를 들먹이기에 재미 삼아 단계가 뭐냐고 했더니 지체 없이 설명하기 시작했다.

"중국 단계의 벼루는 상층, 중층, 하층부에서 산출하는데, 요즘 나오는 것들은 다 상층부의 벼루입니다. 이 벼루는 중층부의 벼루가 확실합니다. 알록달록 아롱진 이 무늬 좀 보십시오. 동그란 무늬가 세 개나 있는 건 드물어서 아주 귀한 것입니다. 발묵(發墨)도 정말 끝내줍니다. 시험 삼아 한번 갈아 보시지요."

큼지막한 벼루를 내 앞으로 마구 들이밀었다.

"이게 얼마인가요?"

"벼루 임자가 중국에서 가지고 온 건데 꼭 팔고 싶다고 하니까 싸게 쳐서 30엔에 드릴게요."

이 양반 좀 모자라는 게 틀림없었다. 학교는 그럭저럭 탈 없이 근무할 수 있을 것 같은데, 이렇게 골동품 공세에 시달려서는 도저히 오래 버틸 수 있을 것 같지가 않았다.

* 중국 광동성에 있는 지명이며 이곳에서 산출하는 벼루를 말한다.

그러는 사이에 학교도 그만 싫증이 났다. 어느 날 밤 오마치라는 곳을 산책하다가 우체국 옆에 메밀국수라 쓰고 그 아래 도쿄라고 써 놓은 간판이 눈에 띄었다. 나는 메밀국수를 무척 좋아한다. 도쿄에서 살 때도 메밀국숫집 앞을 지나다 국물 냄새를 맡기라도 하면 출입구에 드리운 포렴을 걷어들고 안으로 들어가고 싶어졌다. 그동안 수학과 골동품 공세에 시달리다 보니 메밀국수를 까맣게 잊고 있었는데, 마침 이렇게 눈에 띈 간판을 보고 나니 그냥 지나칠 수가 없었다. 내친김에 한 그릇 먹고 갈 생각으로 들어갔다. 막상 들어가서 보니 간판과는 영 딴판이었다. 도쿄라고 떡하니 써 놓았으면 그에 걸맞게 좀 깔끔하게 해 놓을 법도 하건만, 도쿄의 사정에 어두운 건지, 돈이 모자라서 그런 건지 몹시 지저분했다. 바닥에 깐 다다미는 색이 바랜 데다 모래까지 서걱거렸다. 벽은 그을음으로 새까맣고, 천장도 램프의 그을음으로 그을려 있을 뿐 아니라 너무 낮아서 고개가 저절로 움츠러들 정도였다. 다만 메밀국수 종류를 요란하게 써서 붙여 놓은 차림표만은 완전히 새것이었다. 아마도 낡은 집을 사들여 2, 3일 전에 개업한 게 분명했다. 차림표 맨 위에 튀김 메밀국수라 적혀 있었다.

"여기요, 튀김 메밀국수 하나 주세요."

내가 큰 소리로 주문했다. 그러자 그때까지 세 사람이 구석진 자리에 앉아서 후루룩 쩝쩝 소리를 내 가며 뭔가를 먹고 있다가 일제히 내 쪽을 쳐다보았다. 가게 안이 어두컴컴해서 미처 알아보지 못했으나 자세히 보니 모두 우리 학교 학생이었다. 먼저 인사를 해서 나도 인사를 건넸다. 메밀국수를 오랜만에 먹어서 그런지 맛이 있어서 그날 저녁에는 튀김 메밀국수를 네 그릇이나 먹어 치웠다.

이튿날 아무 생각 없이 교실에 들어갔더니 칠판 가득 큰 글자로 "튀김 메밀국수 선생님"이라 적혀 있었다. 나를 향해 학생들이 일제히 와아 하고 웃었다. 나는 하도 어이가 없어서 튀김 메밀국수를 먹는 게 그렇게 웃을 일이냐고 했더니, 한 학생이 대꾸했다.

"그래도 한 번에 네 그릇은 쪼매 심합니더."

"네 그릇을 먹든 다섯 그릇을 먹든 내 돈 내고 내가 먹는데 무슨 트집을 잡고 난리들이야."

나는 서둘러 수업을 끝내고 교무실로 돌아왔다. 10분 후

다음 교실에 들어가 보니 "한 번에 튀김 메밀국수 네 그릇이라. 단 웃지 말 것."이라고 적혀 있었다. 아까는 별로 화가 나지 않았는데 이번에는 부아가 났다. 농담도 도가 지나치면 장난질이 된다. 떡을 굽다 검게 타 버린 부분 같은 걸 칭찬할 사람은 아무도 없다. 촌뜨기들은 이런 이치를 알 리가 없기 때문에 끝까지 밀어붙여도 괜찮을 것으로 생각하는 모양이었다. 한 시간만 돌아다니면 더는 구경할 것도 없는 좁아터진 이런 고을에 살면서 달리 즐길 거리가 없다 보니까 튀김 메밀국수를 먹은 걸 가지고 러일전쟁처럼 동네방네 퍼뜨리며 생난리를 치는 것이었으리라. 어릴 때부터 이 모양으로 교육을 받으니 단풍나무 분재처럼 이상하게 비뚤어지고 되바라진 소인배가 되는 것이다. 악의가 없다면야 그저 함께 웃고 말겠는데, 대체 이게 무슨 짓거리란 말인가. 머리에 피도 안 마른 녀석들이 별스럽게 독기를 품고 있었다. 나는 입을 다물고 칠판에 적힌 튀김 메밀국수를 지우고 나서 물었다.

"이런 장난을 치는 게 재미있어? 비겁한 농담이다. 너희는 비겁하다는 말의 의미를 알기나 하는가?"

"자신이 한 일을 두고 남들이 비웃는다고 해서 역정을

내는 것이야말로 비겁한 것 아닌가요?"

한 녀석이 이렇게 대꾸했다. 싸가지 없는 놈이었다. 내가 이런 녀석들을 가르치려고 애써 도쿄에서 이 먼 곳까지 왔나, 싶어 서글픈 생각이 들었다.

"공연한 억지 그만 부리고 공부나 해!"

이렇게 훈계하고 수업을 진행했다. 그러고 나서 다음 교실에 들어갔더니 칠판에 "튀김 메밀국수를 먹으면 공연한 억지를 부리게 되는 법이니라."라고 적혀 있었다. 도저히 못당할 놈들이었다. 나는 머리끝까지 화가 치밀어 올랐다. 너희처럼 돼먹지 못한 녀석들은 가르칠 수 없다는 말을 던지고 재빨리 발걸음을 옮겨 교무실로 돌아와 버렸다. 자습을 하게 되자 학생들은 좋아했다고 한다. 상황이 이렇게 되고 보니 학교보다 골동품 공세에 시달리는 편이 더 낫다는 생각이 들었다.

집에 돌아와 하룻밤 자고 나니까 전날 튀김 메밀국수로 불거진 일로 치밀어 올랐던 화는 누그러들었다. 학교에 나갔더니 학생들도 나와 있었다. 뭐가 어떻게 돌아가는지 도통 알 수가 없었다. 그 후 사흘 정도는 아무 일도 없었다. 나흘째 되는 날 저녁에 스미타라는 곳에 가서 경단을 사 먹었다. 스미타는 온천장이다. 시내에서 기차로 10분, 도보로 30분이면 갈 수 있는 곳이었다. 음식점과 온천 여관, 공원도 있는가 하면 유곽도 있었다. 내가 들어간 경단 가게는 유곽으로 들어서는 길목에 있었다. 맛이 좋기로 소문이 자자해서 온천을 즐기고 돌아오는 길에 잠시 들러 맛을 좀 봤다. 이번에는 학생들과 맞닥뜨리지도 않았기 때문에 아무도 모를 줄 알았다. 그런데 그다음 날 학교에 출근해서 1교시 수업을 하러 교실로 들어갔더니 칠판에 "경단 두 접시 7전"이라고 적혀 있었다. 내가 두 접시를 먹고 7전을 낸 건 사실이었다. 정말로 골치 아픈 녀석들이다. 2교시에도 분명히 뭔가 적혀 있을 것으로 예상했는데 아니나 다를까 "유곽의 경단 맛 한번 끝내준다, 끝내줘."라고 적혀 있었다. 그야말로 어처구니없는 놈들이었다. 경단 건도 이제 이것으로 끝이 나나 싶었더니만 이번에는 '빨간 수건'이라는 소문이 나돌았다. 무슨 일인가 했더니, 시시하기 짝이 없었다. 나는 이곳에 왔을 때부터 매일 스미타 온천에 가기로 마음먹었다. 다른 곳은 뭘 보나 도쿄에 비하면 새 발의 피지만 이 온천만은 월등히 좋았다. 어렵사리 이곳까지 왔으니 매일 온천을 하기로 하고 저녁밥을 먹기 전에 운동 삼아 다녀왔다. 온천장에 갈 때는 반드시 큰 서양 수건을 들고 갔다. 그런데 이 수건이 온천수에 젖어 빨간 줄무늬에서 물이 빠져 언뜻 보면 주홍색처럼 보였다. 나는 기차를 타고 갈 때도 걸어갈 때도 온천장에 오갈 때는 항상 이 수건을 들고 다녔다. 그러다 보니 학생들이 나를 "빨간 수건, 빨간 수건"이라 부른단다. 아무래도 좁은 고장에 살다 보니 한시도 바람 잘 날이 없었다. 이게 끝이 아니었다. 온천 여관은 3층짜리 신축 건물이었다. 고급탕의 이용 요금은 목욕 가운과 때밀이까지 포함해서 8전이었다. 게다가 여종업원이 찻잔을 차탁에 올려 내왔다. 나는 늘 고급탕만 이용했다. 그랬더니 월급 40엔을 받는 사람이 매일 고급탕을 이용하는 건 사치라며 입방아를 찧어 댔다. 괜한 참견이다. 사건은 또 있었다. 욕실 한쪽에 마련한 7.5평쯤 되는 탕은 화강암을 쌓아 올려 만들었다. 대개 열서너 명가량 들어갈 수 있지만 간혹 탕 안에 아무도 없을 때도 있었다. 깊이는 곧추섰을 때 젖꼭지까지 물이 찰 정도여서 운동 삼아 탕 안에서 헤엄을 치면 꽤 기분이 상쾌했다. 나는 사람들이 없는 걸 확인한 후 헤엄치고 돌아다니며 상쾌한 기분을 만끽했다. 하루는 3층에서 신나게 아래층으로 내려가 오늘도 헤엄을 칠 수 있으려나, 하고 욕실 안으로 들어가 보니, 몸을 낮춰 탕으로 드나드는 곳에 "탕 안에서 헤엄치지 말 것" 하고 새카만 글자로 큼지막하게 쓴 경구가 나붙어 있었다. 탕 안에서 헤엄치는 사람은 나 말고는 없을 것이기 때문에 이 경구는 아마도 나 때문에 특별히 새로 만들어 붙여 놓은 것이었을지도 모른다. 나는 그때부터 헤엄치지 않기로 결심했다. 헤엄을 치지 않기로 마음먹었지만, 학교에 출근해서 수업을 하러 교실에 들어갔더니 지난번처럼 또 칠판에 "탕 안에서 헤엄치지 말 것"이라고 적혀 있는 걸 보고는 아연실색했다. 어떻게 된 일인지 전교생이 나 한 사람을 정탐하고 있는 것처럼 여겨졌다. 울적한 심정이었다. 학생들이 뭐라고 하건 일단 내가 하려고 마음먹은 일을 그만둘 내가 아니었다. 어쩌다가 이토록 가슴이 답답하고 옹색한 곳에 오게 된 걸까, 하고 생각하니 한심하기 짝이 없었다. 방과 후 집에 돌아가면 여전히 그놈의 골동품 공세에 시달려야 했다.

4

학교에서는 교직원들이 번갈아 가며 숙직을 선다. 단 너구리와 빨간 남방은 예외였다. 교직원으로서 당연히 져야 할 의무인데 어째서 이 두 사람은 예외냐고 물어보니 주임관 대우*여서 그렇다고 했다. 웃기지도 않았다. 월급도 많이 가져가지, 일하는 시간도 적지, 게다가 숙직까지 특혜를 받다니, 이런 불공평한 법이 어디 있단 말인가. 이런 규칙을 멋대로 정해 놓고 넉살 좋게 그것을 당연한 것처럼 여기고 있었다. 어쩌면 저토록 뻔뻔스러울 수가 있단 말인가. 이와 관련하여 불만이 많았지만, 높새바람의 조언에 따르면 혼자서 아무리 불평을 토로해 본들 통할 문제가 아니라고 했다. 혼자든 둘이든 바람직한 일이면 뭐든 통해야 하는 법이다. 높새바람이 "마이트 이즈 라이트(Might is right)."라는 영어를 끌어다 쓰

* 주임관은 아니지만 그와 동일한 대우를 받는 자이다. 당시는 총리대신의 추천에 따라 천황이 임명한 관리로 3등에서 9등까지의 고등관을 일컫는다.

면서 내게 훈계하려 들었다. 무슨 뜻인지 몰라서 되물었더니 그 의미는 '강자의 권리'라고 했다. 강자의 권리 정도는 예부터 잘 알고 있었다. 새삼스레 높새바람의 구차한 설명을 듣지 않아도 된다. 강자의 권리와 숙직은 별개의 문제였다. 너구리와 빨간 남방이 강자라니 지나던 개가 웃을 일이었다. 논쟁은 논쟁이고, 마침내 숙직을 서야 할 내 차례가 돌아왔다. 나는 원래 과민한 편이라 내 이부자리에서 편하게 잠을 자지 않으면 자고 나도 제대로 잔 것 같지가 않다. 어릴 때부터 친구네 집에서 잔 적이 거의 없을 정도다. 친구 집에서 자는 것조차 싫었는데 학교 숙직실이야 오죽했겠는가. 하지만 내키지 않더라도 숙직도 월급 40엔에 포함된 거라면 참고 설 수밖에 없었다.

교직원과 학생이 모두 돌아간 뒤 혼자 학교에 남아 멍하니 있는 것이야말로 얼빠진 짓이었다. 숙직실은 교실 뒤편에 있는 기숙사 동 1층 서쪽 구석진 방이었다. 잠시 들어가 보니 석양볕이 정면으로 들이비쳐 숨이 막힐 지경이라 도저히 견딜 수가 없었다. 시골이라 그런지 가을이 왔는데도 여전히 더위가 기승을 부렸다. 식사 당번이 기숙사에서 가져다준 밥으로 저녁 끼니를 때우긴 했지만 맛이 없는 데는 두 손 들었다. 이런 밥을 먹고도 저토록 설쳐댈 수 있다니 참으로 용했다. 게다가 일찌감치 밥을 네 시 반에 먹어 치우니 호걸이 아닐 수 없다. 저녁밥은 먹었으나 아직 해가 지지 않아 잠을 잘 수도 없었다. 막간을 이용해 온천장에 다녀오고 싶었다. 당직 근무자가 외출을 하는 것이 바람직한 일인지 그릇된 일인지는 모르나, 징역살이나 다름없이 이렇게 우두커니 고문을 당하는 건 배겨 낼 수 없는 일이었다. 처음 학교에 찾아온 날 사환에게 당직 선생님은 어디 계시냐고 물어보니 볼일 보러 잠시 외출했다는 소리에 나는 고개를 갸우뚱했다. 그런데 막상 내가 그 처지가 되고 보니 이제야 그 심정을 알 것 같았다. 외출하는 게 옳았다. 내가 사환에게 잠시 나갔다 오겠다고 했더니 무슨 용무라도 있느냐고 물었다. 용무가 아니라 온천장에 다녀오겠다고 하고 얼른 나와 버렸다. 빨간 수건을 그만 하숙집에 두고 온 것이 아쉽긴 했지만, 오늘은 온천장에 가서 빌리기로 했다.

시간 가는 줄도 모르고 느긋하게 탕을 들락거리다 보니 어느덧 뉘엿뉘엿 해 질 무렵이 되어서야 기차를 타고 고마치

역에서 내렸다. 역에서 학교까지는 400미터가 좀 넘는 거리였다. 아무 생각 없이 걸어가고 있는데 맞은편에서 너구리가 걸어왔다. 너구리는 이제 내가 타고 온 기차로 온천장에 갈 모양이다. 성큼성큼 빠른 걸음으로 다가왔다. 스쳐 지날 때 얼굴이 마주쳐 내가 가볍게 고개 숙여 인사를 했다. 그러자 너구리가 자못 진지한 표정으로 말했다.

"선생은 오늘 숙직 아니었던가요?"

아니었던가요는 무슨 얼어 죽을 아니었던가요야? 불과 두 시간 전에 "오늘 밤 첫 숙직이군요. 수고하세요." 하고 인사말까지 내게 건네지 않았던가. 교장쯤 되면 능청스럽게 너스레를 떨게 되는 모양이다.

"예, 숙직입니다. 오늘 숙직이라 곧장 학교로 돌아가서 확실하게 당직을 서겠습니다."

나는 화가 나서 퉁명스럽게 대답하고 발걸음을 옮겼다. 다데마치 사거리에 이르자 이번에는 높새바람과 마주쳤다. 정말로 좁아터진 곳이었다. 밖에 나가 돌아다니기만 하면 반드시 누구든 마주치게 된다.

"이보게, 자네 숙직 아닌가?"

"그래. 숙직이야."

"숙직 근무자가 함부로 밖으로 나다니다니, 처신이 부적절한 거 아닌가?"

"난 전혀 그렇게 생각하지 않아. 나다니지 않는 게 더 부적절한 거야."

내가 짐짓 큰소리를 치며 어깃장을 놓았다.

"자네, 공과 사를 분명하게 가리지 못하면 곤란해. 혹여 교장이나 교감 눈에 띄기라도 하면 시끄러울 걸세."

높새바람답지 않은 소리를 했다.

"방금 교장과 마주쳤어. 무더운 날에는 산책이라도 해야지 그렇지 않으면 숙직도 힘들 거라고 하면서 외려 칭찬하던걸."

나는 이렇게 말하고 구차한 소리가 듣기 싫어 얼른 학교로 돌아가 버렸다.

학교에 돌아오고 나니 금방 해가 떨어졌다. 해가 진 뒤 사환을 숙직실로 불러 두 시간가량 얘기를 나누었지만 그것도 싫증이 났다. 잠이 오지 않더라도 일단 잠자리에 들려고 잠옷으로 갈아입고 모기장 안으로 들어가 빨간 담요를 젖히고 엉덩방아를 찧고 벌러덩 드러누웠다. 내가 잠자리에 들

때 엉덩방아를 쿵 찧으며 벌러덩 드러눕는 건 어릴 적부터 하던 버릇이었다. 도쿄 오가와마치 하숙집 2층에서 지낼 때 아래층에 살던 법률학교 학생이 내게 나쁜 버릇이라며 볼멘소리로 불평한 적이 있었다. 법률학교 학생 녀석은 배포도 없는 주제에 입만 살아서 엉뚱한 소리를 장황하게 늘어놓기에 잘 때 쿵쿵 소리가 나는 건 내 엉덩이 탓이 아니라 날림으로 지어진 건물 탓이다. 그러니 따지려거든 하숙집 주인에게 가서 따지라고 하며 입을 틀어막아 버렸다. 학교 숙직실은 2층이 아니라서 아무리 쿵쿵 소리를 내며 드러누워도 괜찮았다. 될 수 있는 한 세차게 엉덩방아를 찧고 드러눕지 않으면 자고 나도 영 잔 것 같지가 않았다. 날아갈 듯한 기분으로 다리를 쭉 뻗었더니 양쪽 다리에 뭔가 달라붙었다. 까칠까칠한 것이 벼룩 같지도 않고 대체 이게 뭐지 하고 놀란 가슴에 담요 속에서 다리를 두서너 번 털어 보았다. 그러자 까칠까칠한 그 무엇이 순식간에 늘어나면서 정강이에 대여섯, 허벅다리에 두서넛, 엉덩이 밑에 깔려 짜부라진 게 하나, 하나는 배꼽까지 뛰어올랐다. 깜짝 놀라 벌떡 일어나 담요를 휙 뒤로 젖히자 이불 속에서 방아깨비 50, 60마리가 튀어나왔다.

정체를 몰랐을 때는 기분이 좀 꺼림칙했는데, 방아깨비라는 사실을 알고 나니 갑자기 화가 치밀었다.

'방아깨비 주제에 사람을 이토록 놀라게 하고 난리야. 이 놈들 어디 맛 좀 봐라.'

나는 잽싸게 베개를 집어 들고 두서너 차례 힘껏 내리쳤으나 방아깨비가 워낙 작다 보니까 별 효과가 없었다. 할 수 없이 다시 이불을 깔고 앉아, 세밑 대청소를 할 때 돗자리를 둘둘 말아서 다다미를 두들기는 것처럼 베개로 그 주변을 인정사정없이 마구 두들겼다. 방아깨비가 베개의 위력에 놀라 이리저리 뛰어올랐다. 그 바람에 내 어깨며 머리며 콧잔등에 잔뜩 달라붙기도 하고 여기저기 부딪히기도 했다. 얼굴에 붙어 있는 놈은 베개로 두들겨 팰 수도 없는 노릇이라 손으로 붙잡아 사정없이 패대기쳤다. 애석하게도 아무리 힘껏 내리쳐도 부딪히는 데가 모기장이라 너풀거리며 흔들릴 뿐 아무런 소용도 없었다. 방아깨비들은 패대기쳐진 채 모기장에 들러붙어 있었다. 모질게 죽지도 않았다. 30분가량 실랑이 끝에 가까스로 방아깨비들을 퇴치했다. 빗자루를 가져와 죽은 방아깨비들을 쓸어 냈다.

"무슨 일 있으세요?"

사환이 와서 물었다.

"무슨 일이고 나발이고 방아깨비를 이불 속에 기르는 놈들이 세상 천지에 어디 있단 말이냐? 야 이, 머저리 같은 놈아!"

내가 호통을 치자 변명을 하고 나섰다.

"저는 모르는 일입니다."

"모른다고 발뺌하면 다냐?

빗자루를 툇마루로 내던졌더니 사환이 쭈뼛쭈뼛 눈치를 살피며 빗자루를 주워 들고 돌아갔다.

나는 즉시 기숙사생 중 대표로 세 명만 오라고 했다. 그런데 여섯 명이나 나타났다. 여섯 놈이건 열 명이건 무슨 상관이냐. 잠옷 바람으로 팔을 걷어붙이고 다그쳐 물었다.

"왜 내 이부자리 속에 방아깨비를 집어넣은 게냐?"

"방아깨비가 뭔데요?"

맨 앞에 있던 녀석이 입을 열었다. 말하는 태도가 보통 침착한 게 아니었다. 이 학교에서는 교장뿐 아니라 학생들까지도 배배 꼬아서 말을 했다.

"뭐, 방아깨비를 모른다고? 그렇다면 보여 주마."

말을 하고 보니 공교롭게도 다 치워 버려서 한 마리도 없었다. 다시 사환을 불렀다.

"아까 내다 버린 그 방아깨비 가져와."

"이미 쓰레기장에 버렸는데 다시 주워서 갖다 드릴까요?"

"그래, 얼른 가서 주워 와."

사환은 부리나케 뛰어나가더니, 잠시 후 습자지 위에 열 마리쯤 얹어서 가지고 돌아왔다.

"정말 죄송합니다. 하필 밤이라 이것밖에 찾지 못했습니다. 날이 밝으면 더 주워서 갖다 드리겠습니다."

사환마저도 나사가 하나 빠졌다. 나는 방아깨비 한 마리를 학생들 앞에 내밀며 다그쳤다.

"바로 이게 방아깨비다. 덩치는 남산만 한 놈들이 방아깨비를 모르다니, 대체 말이나 될 소리냐?"

그러자 맨 왼쪽에 있던 얼굴이 동그랗게 생긴 녀석이 내 말을 자르고 말대꾸를 하고 나섰다.

"그건 메뚜기 아잉기요?"

"이런 등신 같은 놈, 메뚜기와 방아깨비는 다 메뚜깃과에 속하니까 다 한가지잖아. 어허, 이놈 좀 보게. 선생님에게 아잉기요라니, 그건 또 무슨 소리냐? '기요'는 세상에서 내가 제일 존경하는 할멈의 이름이야. 너희가 감히 함부로 불러선 안 되는 고귀한 이름이란 말이다."

내가 이렇게 역공으로 몰아세웠다.

"'아잉기요'와 '기요 할멈'은 다른 거 아잉기요?"

보아하니 곧 죽어도 기요를 들먹일 놈들이었다.

"메뚜기든 방아깨비든 뭣 때문에 내 이부자리 속에 넣은 거냐? 내가 언제 네놈들에게 방아깨비를 넣어달라고 부탁이라도 하더냐?"

"넣은 사람이 아무도 없십니더."

"넣지도 않은 방아깨비가 어떻게 내 이부자리 속에 들어 있단 말이냐?"

"메뚜기는 따신 데를 좋아하니까 아마 지들이 스스로 알아서 들어간 모양입니더."

"바보 같은 소리 작작해라. 방아깨비가 스스로 알아서 들어가다니, 그게 말이나 될 소리냐? 자, 짓궂게 이런 장난질을 왜 했는지 어서 사실대로 털어 놔."

"사실대로 말하라고 하시지만, 넣지도 않았는데 어떻게

말하능기요. 말 못하겠십니더."

비열한 놈들이었다. 자신들이 저지른 일을 사실대로 털어놓지도 못할 바에는 아예 이런 짓을 하지나 말았어야지. 증거를 들이대지 못하면 뻔뻔스럽게 시치미를 뚝 떼고 끝까지 버티겠다 이거로군. 나도 중학교 다닐 때 장난깨나 쳤다. 하지만 누가 한 짓이냐고 물었을 때, 나는 나 몰라라 꽁무니를 빼는 그런 비신사적인 짓은 한 번도 한 적이 없었다. 한 것은 한 것이고, 하지 않은 것은 목에 칼이 들어와도 하지 않은 것이다. 나는 아무리 짓궂게 장난을 쳐도 사실대로 털어놓는 결백한 사람이다. 거짓말을 일삼으면서까지 벌을 피할 생각이라면 처음부터 장난질을 하지나 말지. 장난에는 응당 벌이 따르기 마련이다. 벌이 뒤따르기 때문에 기분 좋게 장난도 칠 수 있다. 장난만 치고 벌은 달게 받지 않겠다는 그런 야비한 근성이 세상천지 아무 데서나 통할 줄 알아? 이런 녀석들은 학교를 졸업한 후 돈은 빌리되 갚기를 꺼려 하는 족속들과 같은 짓거리를 할 것이 뻔했다. 도대체 중학교에는 뭐 하러 들어온 건지. 학교에 들어와서 거짓말이나 하고, 남을 속이려 들고, 좀스럽게 뒷전에서 짓궂은 장난이나 일삼다가 졸업장을 타고 나면 착각에 빠져 교육을 받았답시고 거드름을 피며 설쳐 댈 것이다. 도저히 상종 못할 조무래기들이었다. 나는 정신 상태가 썩어 빠진 이런 녀석들을 상대로 담판을 벌이자니 복장이 터질 것만 같았다.

"끝내 입을 열지 않겠다면 그래도 좋다. 중학교에 들어와서 품위 있는 행위와 천한 행위가 어떤 것인지도 분간할 줄 모르다니 이거야말로 정말 딱한 노릇이다."

나는 이렇게 말하고 여섯 명을 내쫓아 버렸다. 나는 말본새라든가 생겨 먹은 게 그다지 품위 있는 편은 아니지만, 마음만은 이 녀석들에 비해 훨씬 품위가 있다고 자부한다. 여섯 명은 유유히 물러갔다. 허우대만 보면 선생인 나보다 훨씬 나아 보였다. 하지만 실은 저런 식으로 침착하게 나올수록 더 질이 좋지 않다. 내게는 도저히 저만한 배짱이 없었다.

그러고 나서 다시 잠자리에 드러누웠더니 아까 벌인 그 방아깨비 소동으로 모기장 안에서 모깃소리가 앵앵거렸다. 촛불로 일일이 한 마리씩 태워 죽이는 건 몹시 귀찮아서 모기장 끈을 풀어 길게 접은 다음에 방 한복판에서 이리저리 마구 흔들어 댔더니 고리가 날아들어 내 손등을 내리치는 바람에 아파서 죽는 줄 알았다. 세 번째 잠자리에 들었을 때는 어느 정도 마음은 가라앉았지만 좀처럼 잠을 이루지 못했다. 시곗바늘이 열 시 반을 가리키고 있었다. 정말로 골치 아픈 곳에 왔다는 생각이 들었다. 중학교 선생이란 어디를 가나 저런 조무래기들을 상대해야 한다면 그야말로 딱한 노릇이었다. 그런데도 선생을 하겠다고 줄을 서는 걸 보면 참 용하다. 어지간히 무디고 참을성이 있는 벽창호가 아니고서야 할 수 없는 일이다. 나로서는 도저히 감당할 자신이 없었다. 그러고 보면 기요 할멈이야말로 우러러봐야 할 존재였다. 제대로 된 교육도 받지 못하고 사회적 지위도 미천한 노파지만, 사람 됨됨이로 봐서는 대단히 고귀했다. 지금까지 그토록 신세를 많이 지고서도 고맙다는 생각은 별로 해보지 않았는데, 혼자 이렇게 먼 타향에 와서 보니 비로소 그 친절함을 절실히 깨닫게 되었다. 조릿대 잎에 싼 에치고의 사사아메를 먹고 싶어 한다면 흔쾌히 에치고까지 한걸음에 달려가 사다 준다고 해도 그만한 가치는 충분했다. 기요 할멈은 나더러 욕심도 없고 기질이 올곧다며 칭찬을 아끼지 않았지만, 칭찬받는 나보다 칭찬하는 본인이 더 훌륭하다. 어쩐지 기요 할멈이 보고 싶어졌다.

기요 할멈을 떠올리며 이리저리 뒤척이고 있는데 느닷없이 내 머리 위에서 기숙사생 30, 40명가량이 2층이 꺼져 내려앉을 정도로 쿵쾅 쿵쾅 쿵쾅 박자를 맞춰 발로 마룻바닥을 구르는 소리가 났다. 잇따라 발 구르는 소리에 비례한 함성이 크게 들렸다. 나는 무슨 일이 벌어졌나 싶어 놀라서 벌떡 일어났다. 그 순간 퍼뜩 감을 잡았다. '아하, 아까 내게 야단맞은 그 일을 앙갚음하려고 저렇게 날뛰는 거로구나.'

'너희가 저지른 못된 짓을 스스로 인정하지 않는 한 그 죄를 면할 길은 없다. 못된 짓을 했다는 사실은 너희가 더 잘 알 것이다. 제대로 돼먹은 놈들이라면 잘못을 뉘우치고 조용히 잠이나 자고 아침에라도 내게 용서를 구하러 오는 게 도리다. 설령 용서를 구하러 오지 않더라도 죄책감에 자숙하며 조용히 잠이나 잘 것이지. 기숙사를 지어서 꿀꿀이를 키우는 것도 아닐 테고, 도대체 이 소란은 뭐란 말인가. 개망나니 짓거리도 정도껏 해야지. 네 이놈들 어디 가만두나 봐라.' 하고 잠옷 바람으로 숙직실을 박차고 나가 세 걸음 반 만에 계단을 밟고 단숨에 2층까지 뛰어올랐다. 그런데 바로 조금 전까지 2층에서 우당탕 소란을 피우며 날뛴 게 분명한데 신기하게도 쥐 죽은 듯 조용했다. 말소리는커녕 발소리조차 나지 않았다. 이거야말로 귀신이 곡할 노릇이었다. 이미 불은 다 꺼져 있고 캄캄해서 어디에 뭐가 있는지 도통 알 수는 없었지만, 인기척이 있는지 없는지는 낌새로도 알 수 있었다. 동서로 길게 뻗은 복도에는 생쥐 새끼 한 마리도 눈에 띄지 않았다. 복도 끝에 달빛이 비쳐 들어 유난히 그쪽만 환했다. 아무래도 이상했다. 나는 어릴 때부터 꿈을 자주 꾸는 버릇이 있었다. 꿈을 꾸다 벌떡 일어나 암호나 다름없는 잠꼬대를 했다가 식구들에게 웃음을 산 적이 허다하다. 열예닐곱 살 때 다이아몬드를 주은 꿈을 꾼 그날 밤에는 벌떡 일어나 옆에서 자고 있던 형에게 방금 그 다이아몬드 어떻게 했느냐고 다짜고짜 캐물었을 정도였다. 그때는 사흘가량 식구들에게 웃음거리가 되어 몹시 쪽팔렸던 적도 있다. 어쩌면 지금 이 상황도 꿈일지 모른다고 생각했다. '아니야, 소동을 일으킨 게 분명해.' 내가 복도 한가운데 앉아서 이런 생각에 잠겨 있는 차에 달빛이 비쳐드는 저편에서 "하나, 둘, 셋! 와!" 하고 30, 40명의 목소리가 우렁차게 울려 퍼졌다. 잇따라 아까처

럼 박자를 맞추어 일제히 마룻바닥을 발로 세차게 구르는 소리가 났다. '거봐, 역시 꿈이 아니라 생시야.'

"조용히 해! 한밤중이야!"

나도 그에 질세라 크게 소리치며 복도 끝을 향해 내달리기 시작했다. 내가 지나는 길은 캄캄해서 그저 복도 끝에 비치는 달빛을 목표로 냅다 달려갔다. 4미터쯤 달려갔나 싶었을 즈음 복도 한가운데에서 딱딱하고 큰 물체에 정강이가 부딪히는 바람에 통증을 느낄 새도 없이 꽈당 하고 앞으로 꼬꾸라지고 말았다. 이런 젠장맞을, 하고 일어났지만 더는 달릴 수가 없었다. 마음은 조급한데 다리가 제대로 말을 듣지 않는다. 조바심이 나서 외발로 뛰어갔더니, 이미 발소리도 함성도 자취를 감추고 쥐 죽은 듯 고요했다. 인간이 아무리 비겁하다 해도 이렇게까지 비겁할 수는 없다. 마치 꿀꿀이 같았다. 정 이런 식으로 나오면 숨어 있는 놈들을 끌어내 용서를 받기 전까지는 한 발짝도 물러서지 않기로 독하게 마음을 먹고 방 안을 확인하려고 문을 열어 봤지만 열리지가 않았다. 자물쇠를 채웠는지, 책상과 의자 같은 걸 쌓고 막대기로 버티어 놓았는지 아무리 용을 쓰며 밀어도 전혀 꿈쩍도

하지 않는다. 이번에는 맞은편 북쪽 방문을 열어 보았다. 마찬가지로 열리지 않았다. 나는 방문을 열고 들어가 놈들을 잡아 끌어낼 일념으로 속이 타들어 가고 있었는데, 재차 동쪽 끝에서 함성과 발 구르는 소리가 들리기 시작했다. 가만 보니 이놈들이 아예 나를 골탕 먹이려고 동서에서 파상공세를 펼치고 있었다. 어떻게 대처해야 좋을지 난감했다. 솔직히 털어놓으면 나는 용기는 충만한 반면 지혜가 달리는 게 탈이다. 이런 상황에서는 어떻게 해야 좋을지 기발한 묘안이 퍼뜩 떠오르지 않았다. 그렇지만 포기할 생각은 없었다. 이대로 물러서면 내 체면이 말이 아니다. 도쿄 토박이는 깡다구가 없다는 소리를 듣는 건 딱 질색이었다. 숙직을 서다가 코흘리개들에게 조롱당하고도 손 쓸 방도가 없자 그만 울며 겨자 먹기로 물러났다는 소문이라도 나도는 날에는 평생 씻지 못할 불명예다. 이래 봬도 내 근본은 하타모토(旗本)*다. 그 시조가 세이와 겐지(清和源氏)**로, 다다노만주(多田の

* 에도 막부의 직속 무사로 직접 쇼군을 배알할 수 있는 자격이 있었으며 만석 이하의 녹봉을 받았다.

** 세이와 천황(재위 858~876)의 후손으로 미나모토(源) 성(姓)을 하사받은 씨족이다.

滿仲)*의 후예다. 이런 농사꾼들과는 태생부터가 다른 몸이다. 다만 지혜가 달리는 게 아쉬울 따름이었다. 어떻게 하면 좋을지 번뜩이는 지혜가 떠오르지 않아 답답할 뿐이었다. 그렇다고 여기서 만세를 부를 수는 없지 않은가. 지나치게 정직하다 보니까 어떤 식으로 대처해야 할지 모를 뿐이었다. 이 세상에서 정직한 것이 이기지 못하고 달리 이길 수 있는 게 또 뭐가 있는지 생각해 보라. 오늘 밤 중에 이기지 못하면 내일 이기면 된다. 내일도 이기지 못하면 모레 이기면 된다. 모레도 이기지 못하면 하숙집에서 도시락 배달을 하게 해서라도 이길 때까지 이 자리에 죽치고 있을 것이다. 나는 이렇게 마음을 모질게 먹고 책상다리를 하고 복도 한복판에 앉아서 날이 새기만을 기다렸다. 모기가 앵앵거리며 달려들어도 아랑곳하지 않았다. 아까 부딪친 정강이를 만져보니 뭔가 끈적끈적했다. 피가 난 모양이다. 그깟 피 따위야 나고 싶으면 얼마든지 나라지 뭐. 그러는 사이에 조금 전부터 피로가 몰려와 꾸벅꾸벅 졸다 그만 잠에 빠져 버렸다. 웅성거리는 소

* 미나모토노 미쓰나카(源滿仲, 912~996)를 가리키며 세이와 천황의 증손자이다.

리에 놀라 눈을 떴을 때는 '어이쿠, 이거 낭패로군.' 하고 자리에서 벌떡 일어났다. 오른쪽 방문이 반쯤 열려 있고 학생 두 명이 내 앞에 서 있었다. 나는 얼른 제정신을 차리고 바로 앞에 있던 녀석의 다리를 잡고 온 힘을 다해 확 끌어당겼다. 그러자 그놈이 뒤로 벌렁 나자빠졌다. 고소하다 이놈. 나머지 녀석이 좀 당황스러워 하는 틈을 노려 날래게 덤벼들어 어깨를 짓누르고 두서너 대 쥐박아 주었더니 넋을 잃고 멍하니 눈만 끔뻑였다.

"냉큼 숙직실로 따라와!"

내가 잡아끌자 겁을 집어먹은 듯 두말없이 순순히 따라왔다. 날은 훤히 밝았다. 나는 숙직실로 끌고 온 두 녀석을 족치기 시작했다. 꿀꿀이는 아무리 두들겨 패도 꿀꿀인지라 끝까지 모른다고 잡아떼면 통할 걸로 아는지 도무지 자백할 생각을 하지 않았다. 그러는 사이에 한 놈이 오고, 두 놈이 오더니 점차 2층에서 학생들이 숙직실로 몰려들었다. 낯짝을 보니 하나같이 눈두덩이가 부어 있어 아직 잠에서 덜 깬 듯했다. 한심한 놈들이었다.

"하룻밤 잠을 설쳤기로서니 낯짝이 그래서야 어디 사내자

식이라 할 수 있겠는가? 따지려거든 얼른 얼굴이나 씻고 와!"

씻으러 가는 녀석은 아무도 없었다.

내가 쉰 명 남짓 되는 기숙사생을 상대로 한 시간가량 승강이를 벌이고 있을 즈음 너구리가 불쑥 모습을 드러냈다. 나중에 알고 보니 학교에서 소동이 벌어졌다며 사환이 부리나케 달려가 교장에게 보고한 것이었다. 이깟 일로 교장을 부르다니 배포가 더럽게도 없다. 그따위니까 기껏 중학교 사환 노릇이나 해 먹지.

교장은 내 얘기를 먼저 듣고 나서 학생들의 말도 잠시 경청했다.

"추후 처분이 내려질 때까지는 평소처럼 등교해라. 가서 세수하고 아침밥을 먹어야 지각을 하지 않을 테니 어서 서둘러라."

교장은 기숙사생들을 이런 식으로 훈방했다. 조처가 미온적이었다. 나라면 그 자리에서 전원에게 퇴학 처분을 내리고 말았을 것이다. 이처럼 뜨뜻미지근한 짓을 해대니까 학생들이 숙직 선생을 함부로 깔보는 것이다. 그러고 나서 내게 이렇게 말을 건넸다.

"여러모로 신경을 쓰느라 선생께서도 피곤하실 테니 오늘 수업은 쉬도록 하세요."

"아닙니다. 전 아무렇지도 않습니다. 이런 일이 매일 밤 벌어진다 해도 목숨이 붙어 있는 한, 걱정 따위는 하지 않습니다. 예정대로 수업은 진행하겠습니다. 잠을 하룻밤 설쳤다고 수업하는 데 지장을 초래할 정도면 월급에서 그만큼 반납해야죠."

이렇게 대답하자 교장은 머릿속으로 무슨 생각을 하는지 물끄러미 나를 쳐다보더니 이렇게 말했다.

"그나저나 얼굴이 꽤 부어올랐군요. 휴식이 필요할 텐데."

그러고 보니 어쩐지 얼굴이 좀 무지근하긴 했다. 게다가 온통 가려웠다. 밤새도록 모기가 어지간히도 피를 빨아 먹은 모양이었다. 나는 얼굴을 박박 긁어 대면서 대답했다.

"얼굴이야 아무리 부은들 입은 멀쩡하니 수업하는 데는 아무런 지장이 없습니다."

"의욕 한번 대단하시군요."

교장이 웃으면서 나를 칭찬했다. 칭찬한 게 아니라 사실은 야유를 보낸 것이었으리라.

5

"자네, 낚시하러 가지 않겠나?"

빨간 남방이 내게 물었다. 이 양반은 비위에 거슬릴 정도로 목소리를 간드러지게 내는 남자였다. 사내인지 계집인지 도무지 분간할 수가 없었다. 명색이 사내라면 사내다운 목소리를 내야 하는 법이다. 더군다나 대학교 물까지 먹은 사람 아닌가? 물리학교를 나온 나도 이 정도 목소리를 내는데 문학사라는 자가 이래서야 꼴이 말이 아니다.

"글쎄요."

나는 선뜻 내키지 않은 투로 대답했다.

"자네, 낚시를 해 본 적은 있는가?"

결례되는 소리를 했다.

"그다지 경험은 많지 않습니다. 어렸을 때 고우메 유료 낚시터에서 붕어를 세 마리 낚은 적은 있습니다. 그다음에는 가구라자카에 있는 젠코쿠지 절의 비샤몬텐(毘沙門天)*에

* 일본에서는 복덕(福德)을 내리는 신으로 기리는 칠복신(七福神) 중 하나다.

게 공양드리는 날에 25센티미터쯤 되는 잉어가 걸려들어 좋아라 했는데 그만 풍덩 빠뜨리고 말았습니다. 지금 생각해도 참 아깝다는 생각이 듭니다."

빨간 남방은 턱을 앞으로 쑥 내밀며 호호호호 웃었다. 굳이 그렇게 거들먹거리며 웃지 않아도 될 텐데 말이다.

"그렇다면 아직 낚시의 묘미가 뭔지 잘 모르겠구먼. 원한다면 내가 한 수 가르쳐 줄 용의가 있네만."

으스대며 대단히 잘난 척했다. 누가 가르쳐 달랬나. 낚시와 사냥을 하는 족속은 모두 자비롭지 못한 인간들뿐이다. 그렇지 않고서야 어찌 살생을 일삼으며 희열을 만끽할 수 있겠는가. 물고기든 날짐승이든 살해당하기보다 살려 두기를 더 바랄 것이다. 고기잡이나 사냥이 생계 수단이라면 또 모를까, 무엇 하나 부족함 없이 살면서 살생을 하지 않으면 밤잠을 이루지 못한다니 그야말로 호강에 겨운 소리다. 이런 생각을 했지만, 상대가 문학사인 만큼 말솜씨가 보통이 아니라서 논쟁으로 맞서서는 도저히 당해 낼 수 없을 것 같아 나는 입을 꾹 다물고 있었다. 그러자 이 양반이 남의 속도 모르고 항복한 걸로 착각을 했는지 자꾸만 권했다.

"당장 한 수 가르쳐 줄 테니 한가하면 오늘 함께 가는 게 어떤가? 요시카와 선생과 둘만 가면 심심해서 그런데 함께 가세."

요시카와는 미술 선생이고 앞에서 언급한 그 따리꾼이다. 이 따리꾼은 무슨 속셈인지 빨간 남방 댁에 아침저녁으로 뻔질나게 드나드는가 하면 빨간 남방이 가는 곳이면 어디든 졸졸 따라다녔다. 동료 교직원 관계라기보다 주인과 머슴꾼 같았다. 빨간 남방이 어딜 가든 꽁무니에 붙어 다녔기 때문에 새삼 놀랄 일도 아니었다. 둘이서 가면 될 텐데 왜 무뚝뚝한 나더러 함께 가자고 권하는 걸까. 아마도 그 알량한 낚시 솜씨를 뽐내려고 함께 가기를 종용하는 게 틀림없었다. 뽐내 본들 그런 것을 부러워 할 내가 아니다. 참치 두서너 마리 낚아 올린다고 해도 눈 하나 깜짝할 것 같으냐. 나도 인간이다. 아무리 서툴러도 낚싯줄만 드리우면 뭐가 됐든 걸려들겠지. 이 상황에서 내가 가지 않으면 빨간 남방은 내가 낚시를 싫어해서가 아니라 서툴러서 가지 않는 것이라고 그릇된 추측을 할 게 뻔했다. 그래서 가기로 마음먹었다.

"가겠습니다."

방과 후 일단 하숙집에 들러 채비를 해서 기차역으로 갔다. 빨간 남방과 따리꾼을 만나서 함께 기차를 타고 바닷가로 향했다. 뱃사공은 한 명이고 도쿄 근방에서는 본 적이 없는 폭이 좁고 기다랗게 생긴 낚싯배였다. 아까부터 배 안을 살펴보았지만 낚싯대라고는 하나도 보이지 않았다. 궁금해서 따리꾼에게 물어봤다.

"낚싯대 없이도 낚시가 가능한가 보죠?"

"앞바다 낚시에는 낚싯대를 사용하지 않고 낚싯줄만 있으면 되옵니다."

따리꾼은 턱을 만지작거리며 도가 튼 사람처럼 말했다. 이렇게 야코죽을 줄 알았으면 차라리 입이나 다물고 있을 걸 그랬다.

뱃사공은 그저 세월아 네월아 하며 노를 저은 것 같은데 숙련의 힘이란 참으로 대단해서 뒤돌아 보니 어느새 해변이 가물가물하게 보일 정도로 배가 멀리 나왔다. 고하쿠지(高柏寺) 절의 5층 탑이 바늘처럼 뾰족하게 숲속 위로 솟아 있었다. 맞은편을 보니 아오시마 섬이 바다 위에 떠 있었다. 사람이 살지 않는 섬이란다. 유심히 보니 돌과 소나무들뿐이었다. 하기야 돌과 소나무들밖에 없는 곳에서 사람이 살 수는 없다. 빨간 남방이 섬을 바라보며 경치가 퍽 좋다는 소리를 연발하자 따리꾼도 절경이라며 맞장구를 쳤다. 절경인지 뭔지는 모르지만 하여간 기분이 상쾌한 건 확실했다. 드넓은 바다 위에서 바닷바람을 쐬는 건 보약이라는 생각마저 들었다. 하도 배가 고파 꼬르륵 소리가 날 정도였다.

"저 소나무 좀 보게. 줄기가 곧고 위쪽은 우산을 펼쳐 놓은 것처럼 생긴 게 터너*의 그림에서나 나올 법한 모양 아닌가."

"정말 그렇군요. 구부러진 저 모양새가 영락없는 터너입니다."

따리꾼이 아는 체하고 나섰다. 나는 터너가 뭔지 몰랐지만 몰라도 곤란할 게 없어서 물어보지도 않고 잠자코 있었다. 배는 섬을 오른쪽으로 바라보며 빙 돌았다. 파도는 전혀 일지 않았다. 워낙 잔잔해서 바다라는 게 믿기지 않을 정도였다. 빨간 남방 덕분에 유쾌하기 그지없었다. 가능하다면

* 조지프 말로드 윌리엄 터너(Joseph Mallord William Turner, 1775~1851), 영국의 풍경화가다.

아오시마 섬에 올라가 보고 싶어서 물어보았다.

"저 바위 있는 곳에는 배를 댈 수 없습니까?"

"댈 수야 있지만 줄낚시하기에는 저런 너설은 좀 곤란해."

빨간 남방이 딴죽을 걸고 나섰다. 나는 입 다물고 가만히 있었다. 그러자 따리꾼이 쓸데없이 이렇게 제안했다.

"교감 선생님, 앞으로 저 섬을 터너 섬이라 부르는 건 어떻습니까?"

"그것참, 재미있는 발상이로군. 이제부터 우리는 그렇게 부르기로 하세."

빨간 남방은 그 제안에 찬성표를 던졌다. 그 우리에 나를 싸잡아 넣는 건 달갑지가 않았다. 나는 아오시마 섬만으로도 충분했다.

"저 바위 위에 라파엘로*의 마돈나를 세워 두는 건 어떻게 생각하십니까? 환상적인 그림이 나오겠는데요."

따리꾼이 말했다.

* 라파엘로 산치오(Raffaello Sanzio, 1483~1520), 이탈리아 문예부흥기의 위대한 화가이자 건축가이다. 미켈란젤로, 레오나르도 다빈치와 더불어 전성기 르네상스의 3대 거장으로 유명하다.

"이보게, 그 마돈나 얘기는 그만하지. 호호호호."

빨간 남방이 역겹게 웃었다.

"아니, 뭐 아무도 없는데 괜찮습니다."

따리꾼이 내 쪽을 힐끔 쳐다보더니 부러 고개를 돌려 능글맞게 웃었다. 나는 어쩐지 기분이 불쾌했다. 마돈나든 개돈나든 나랑 상관없는 일이니 맘대로 갖다 세우건 말건 알아서 하면 될 일이다. 남이 알아듣지도 못하는 말을 뱉어 놓고서 들어 봤자 알 턱이 없으니 상관없다는 식이었다. 천박스런 짓거리였다. 그러고도 이런 자가 도쿄 토박이올시다 하고 떠벌리고 다닌다. 마돈나는 아무래도 빨간 남방의 단골 기생의 별명이 틀림없었다. 단골 기생을 무인도 소나무 아래 세워 두고 바라보는 거야 일도 아닐 테고, 그 장면을 따리꾼이 화폭에 담아 전람회에 내걸기라도 한다면 가히 볼 만하겠다.

"이 근방이 딱 좋을 것 같습니다."

뱃사공이 배를 멈추고 닻을 내렸다.

"수심은 어느 정도 되나요?"

빨간 남방이 물었다.

"한 11미터쯤 될 겁니다."

“그 정도 깊이면 도미는 좀 어렵겠는걸.”

빨간 남방이 낚싯줄을 던지며 말했다. 이 양반 딴에는 도미라도 낚을 작정인가 보군. 꿈도 야무지다.

“무슨 말씀이세요. 교감 선생님 솜씨면 낚고도 남습니다. 게다가 파도도 일지 않고 잔잔하지 않습니까.”

따리꾼이 이처럼 알랑방귀를 뀌면서 낚싯줄을 풀어 바다에 던졌다. 낚싯줄 끝에 무슨 추처럼 생긴 납덩이만 대롱대롱 달려 있고 찌가 없었다. 찌 없이 낚시를 하는 건 온도계 없이 온도를 재는 거나 매한가지다. 나는 도저히 엄두가 나지 않아서 그냥 지켜만 보고 있었다. 그러자 빨간 남방이 말을 걸었다.

“자, 어서 자네도 해 보게. 낚싯줄은 있는가?”

“예, 낚싯줄은 남아도는데 낚시찌가 없습니다.”

“낚시찌가 없어 낚시를 할 수 없다니 그건 초짜배기들이나 할 소리지. 자, 잘 보게. 이렇게 낚싯줄을 드리우고 바닥에 추가 닿으면 집게손가락을 이렇게 까딱까딱 놀리면서 입질을 감지하면 되는 거야. 미끼를 확 물면 즉각 손맛이 느껴지거든.”

"아, 물었다."

빨간 남방이 말을 하다 말고 다급히 낚싯줄을 당겨 올리기에 뭘 낚았나 싶었는데 미끼만 사라졌을 뿐 허탕을 쳤다. 쌤통이었다.

"교감 선생님, 정말 아쉽습니다. 방금 놓친 놈은 분명히 월척이었을 텐데요. 교감 선생님의 빼어난 그 솜씨로도 놓친 걸 보니, 오늘은 방심할 수 없겠는데요. 그래도 낚시찌와 눈싸움만 하고 있는 자들보다는 낫습니다. 마치 브레이크가 없는 자전거를 탈 수 없는 거나 마찬가지이니까요."

따리꾼은 말 같지도 않은 소리만 지껄여 댔다. 냅다 한 방 쥐어박아 주고 싶었다. 나 또한 인간이다. 교감 혼자 통째로 전세 낸 바다도 아닐 테고, 넓고도 넓은 곳이었다. '내 체면을 봐서라도 다랑어 한 마리 정도는 걸려들겠지.' 하고 기대를 하며 추와 낚싯줄을 바닷물 속에 첨벙 던져 넣고 집게손가락 끝으로 적당히 낚싯줄을 까딱 까딱 놀리며 입질을 기다리고 있었다.

잠시 후 낚싯줄에 무언가 톡톡 닿는 느낌이 손가락에 전해졌다. 그 순간 나는 이건 물고기라는 걸 확신했다. 살아 움직이는 물고기가 아니고서야 이처럼 톡톡 입질을 할 리 만무하다. 됐어! 걸렸어! 나는 소리치며 힘껏 낚싯줄을 잡아당겨 올렸다.

“어럽쇼, 뭐가 물었어요? 후생가외(後生可畏)*로구나.”

따리꾼이 비아냥거리는 사이에 낚싯줄은 1미터 50센티미터 정도만 물속에 잠겨 있고 거의 다 올라왔다. 뱃전에서 내려다보니 금붕어처럼 줄무늬가 있는 물고기가 낚싯줄에 매달려 좌우로 이리저리 바동거리며 딸려 올라오고 있었다. 스릴 만점이다. 팔딱거리며 물 밖으로 튀어 오를 때 내 얼굴에 온통 바닷물 세례를 퍼부었다. 간신히 잡아채서 낚싯바늘을 빼내려고 했으나 좀처럼 빠지지 않았다. 물고기를 잡은 손은 미끈미끈해서 기분이 영 불쾌했다. 귀찮아서 도리깨질하듯 휘둘러 냅다 배 바닥에 패대기쳤더니 이내 죽고 말았다. 빨간 남방과 따리꾼은 놀란 표정으로 바라봤다. 나는 바닷물에 손을 집어넣어 첨벙첨벙 씻은 후 코끝에 갖다 대고

* 『논어』「자한편(子罕篇)」에 나오는 말로, 후생은 장래에 가능성이 무진장하므로 가히 두려워 할 만하다는 뜻이다.

냄새를 맡아 보았다. 여전히 비릿했다. 이제 넌더리가 났다. 그 어떤 물고기가 낚이더라도 손으로 만지고 싶지는 않았다. 물고기도 손에 잡히는 걸 원치 않을 것이었다. 나는 후딱 낚싯줄을 감아 버렸다. 따리꾼이 또 시건방진 소리를 해 댔다.

"마수걸이한 거야 높이 살 일이지만, 고작 고루키로*는 어디 명함이나 내밀 수 있겠나?"

"고루키? 러시아 문학가** 이름 같군."

빨간 남방이 능청을 떨며 받아넘겼다.

"그렇군요. 러시아 문학가로군요."

따리꾼이 맞장구를 치고 나섰다. 러시아 문학가가 고루키고, 도쿄 시바의 사진사가 마루키***고, 고메노나루키****는 바로 생명의 은인이겠지. 빨간 남방은 아무 앞에서나 외래어로 된 외국 사람 이름을 들먹이고 싶어 하는 고질병이 있었

* 용치놀래기를 말한다.

** 러시아의 문호 막심 고리키(Makxim Gorki, 1868~1936)를 말한다.

*** 마루키 리요(丸木利陽), 1854~1923). 일본에서 최초로 도쿄 사바에 사진관을 개업한 인물이다.

**** 고메노나루키(米のなる木). 벼 이삭이 패는 나무. 여기서는 벼를 찧은 쌀을 의미한다.

다. 사람들에게는 제각기 전문 분야가 있기 마련이다. 나처럼 수학을 가르치는 선생이 러시아 문학가 이름이 고루키인지 고리키인지 알 턱이 없지 않은가. 좀 삼가는 게 좋으련만. 이왕에 들먹일 바에야 나도 알고 있는 『프랭클린 자서전』* 이라든가 『푸싱 투 더 프런트(Pushing to the Front)』** 같은 걸 늘어놓든가. 빨간 남방은 가끔 표지가 빨간색인 『데이코쿠분카쿠(帝国文学)』***인지 뭔지 하는 잡지책을 학교에 가져와 신주 모시듯 하며 읽었다. 높새바람 말에 따르면 빨간 남방 입에서 튀어나오는 그 외국인들 이름은 죄다 이 잡지책에 나오는 것이란다. 데이코쿠분카쿠도 참 자비롭지 못한 잡지였다.

빨간 남방과 따리꾼은 낚시에 정신이 팔려 있었다. 대략 한 시간 동안 두 사람이 열대여섯 마리를 낚아 올렸다. 얄궂

* 미국의 정치가이자 문필가 벤저민 플랭클린(Benjamin Franklin, 1706~1790)의 자서전을 말한다.

** 미국의 오리슨 스웨트 마든(Orison Swett Marden, 1850~1924)의 저서로, 공리주의적 처세술을 주장한다.

*** 도쿄제국대학(현 도쿄대학 문학부)의 기관지로, 1895년에 창간되었다.

게도 낚는 족족 고루키 일색이었다.

"도미 따윈 약으로 쓰려고 해도 없구먼. 오늘은 러시아 문학 대박이군."

빨간 남방이 따리꾼에게 이렇게 말했다.

"교감 선생님 솜씨로도 고루키뿐이니, 저 따위야 오죽하겠습니까? 고루키를 낚는 것만 해도 감지덕지하지요."

뱃사공의 말로는 이런 잔챙이 물고기는 뼈가 많은 데다 맛도 없어서 도저히 먹을 수는 없고 그나마 퇴비로는 쓸 수 있다고 했다. 그러니까 빨간 남방과 따리꾼은 퇴비를 낚아 올리는 데 열을 올린 셈이다. 딱하기 한량없었다. 나는 한 마리 낚고 나서 아주 질려 버리는 바람에 아까부터 배 바닥에 등을 붙이고 벌렁 드러누워 드넓은 하늘을 바라보고 있었다. 낚시질하는 것보다 이게 훨씬 운치가 있었다.

그러고 나서 두 사람 사이에 소곤소곤 무슨 얘기가 오가기 시작했다. 내 귀에는 잘 들리지도 않았다. 굳이 듣고 싶지도 않았다. 하늘을 바라보면서 기요 할멈을 떠올렸다. 금전적으로 형편이 돼서 기요 할멈을 데리고 이렇게 경치가 좋은 곳으로 놀러 오면 틀림없이 좋아라 할 텐데. 아무리 경치가 좋아 본들 따리꾼과 함께 있으면 기분만 잡칠 뿐이다. 기요 할멈은 비록 쪼그랑 할망구지만 아무 데나 함께 가더라도 창피하다는 생각은 들지 않는다. 따리꾼 따윈 꽃마차에 올라타든 유람선을 타든 아사쿠사 공원의 료운카쿠*에 오르든 도저히 상종하고 싶지 않은 인간이다. 만일 내가 교감이고 빨간 남방이 나였다면 역시 치사하게 내게 알랑방귀나 뀌며 비위를 맞추려 들 것이고 빨간 남방을 조롱할 게 뻔했다. 바로 이런 자가 촌구석을 돌아다니며 "나는 도쿄 토박이올시다." 하고 나발을 불어 대면 경박함의 대명사가 도쿄 토박이고, 고로 도쿄 토박이는 경박하다고 시골 사람들은 분명히 그렇게 생각할 것이다. 이런 생각에 잠겨 있는데 무슨 영문인지 두 사람은 킬킬거리며 웃었다. 그 웃음소리 사이로 무슨 말소리가 들리긴 들리는데 도중에 이어졌다 끊어졌다 하는 통에 뚜렷하게 알아들을 수가 없었다.

"뭐? 어째……."

* 당시 도쿄 아사쿠사 공원에 있던, 벽돌로 쌓은 50미터 높이의 12층 팔각형 탑으로 1923년 관동대지진 때 소실했다.

“…… 사실입니다. 뭘 모르니까요……. 죄지요.”

“설마…….”

“방아깨비를……. 참말입니다.”

나는 다른 말소리는 귀담아듣지 않았지만, 따리꾼이 ‘방아깨비’라는 소리를 했을 때는 나도 모르게 신경이 곤두섰다. 무슨 속셈인지 따리꾼은 방아깨비라는 소리만 또렷하게 내 귀에 들리게 유난히 크게 말하고 그다음은 부러 말을 흐려 버렸다. 나는 꿈쩍도 하지 않고 귀담아듣고 있었다.

“또 그 홋타가…….”

“그럴지도 모르지…….”

“튀김…… 하하하하.”

“……선동해서…….”

“경단도……?”

말소리는 이처럼 이어졌다 끊어졌다 했으나 ‘방아깨비’니 ‘튀김’이니 ‘경단’이니 하는 소리로 봐서는 아무래도 숙덕거리며 내 험담을 하는 게 분명했다. 말을 하려거든 목소리를 더 크게 하든지, 은밀하게 험담을 하려거든 아예 나더러 함께 낚시하러 가자고 꼬드기지나 말든지. 정말 밥맛없는 놈들이다. 방아깨비든 허깨비든 그 잘못은 내게 있는 게 아니었다. 교장이 일단 자기에게 맡겨 달라고 해서 너구리의 체면을 봐서 잠자코 지켜보고만 있었다. 따리꾼 주제에 감히 비평을 늘어놓고 난리야. 붓이나 핥으며 틀어박혀 있을 일이지. 내 일은 스스로 알아서 조만간 해결할 것이기 때문에 상관할 바는 아니었다. 하지만 '홋타가'라든가 '선동해서'라는 말이 귀에 거슬렸다. 홋타가 나를 선동해서 소동을 크게 일으켰다는 뜻인지, 아니면 홋타가 학생들을 선동해서 나를 골탕 먹였다는 뜻인지 도무지 종잡을 수가 없었다. 푸른 하늘을 바라보는 사이에 어느덧 햇빛이 차츰 약해지더니 약간 썰렁한 바닷바람이 불기 시작했다. 향에서 피어오르는 연기처럼 구름이 맑은 하늘 위로 조용히 퍼져 나가는가 싶더니 어느새 그 속으로 흘러들어 안개가 엷게 드리운 것처럼 변해갔다.

"이제 돌아갈까."

빨간 남방이 불현듯 말을 꺼냈다.

"예, 그렇잖아도 마침 돌아갈 때가 되었군요. 오늘 밤에 마돈나 낭자를 만나십니까?"

따리꾼이 말을 건넸다.

"그 허튼소리 하지도 말게. 오해라도 사면……."

빨간 남방이 뱃전에 기댄 몸을 바로 일으켜 세우며 따리꾼에게 볼멘소리를 했다.

"에헤헤헤헤. 괜찮습니다. 어차피 들어 봤자……."

따리꾼이 내 눈치를 살피며 뒤돌아보았을 때 내가 두 눈을 부라리고 따리꾼의 이마빼기를 정통으로 쏘아보았다. 그러자 따리꾼은 눈이 부신 척하며 나자빠지더니 "이야, 이거 두 손 들었구먼." 하고 목을 움츠리며 머리통을 긁적였다. 어쩌면 저리도 약아빠진 놈이 다 있을까.

배는 고요한 바다의 물살을 가르며 뭍으로 향했다.

"자네는 낚시에 별로 흥미가 없는 것 같군."

빨간 남방이 내게 말했다.

"예, 저는 그냥 드러누워서 하늘을 바라보는 게 더 좋습니다."

나는 이렇게 대답하면서 피우던 담배를 바다에 내던졌다. 꽁초는 푸시시 소리를 내며 노 끝에 갈라져 넘실대는 물결을 따라 동동 떠다니며 멀어져 갔다.

"자네가 부임한 후 학생들도 매우 만족해 하고 있으니까 그렇게 알고 더 힘써 주게."

빨간 남방이 화제를 돌려 낚시와는 전혀 상관없는 얘기를 꺼냈다.

"별로 달가워하지 않을 텐데요."

"아니야, 그저 듣기 좋으라고 하는 말이 아닐세. 대단히 반기고 있어. 안 그런가? 요시카와 선생."

"반기는 정도가 아닙니다. 아주 생난리가 났습니다."

따리꾼이 능글맞게 웃으며 말했다. 이 자가 지껄이는 말은 하나부터 열까지 배알이 꼴리니 참 묘한 일이었다.

"하지만 자네, 주의하지 않으면 위험에 처할 수도 있어."

빨간 남방이 내게 충고했다.

"어차피 위험에 처해 있는걸요. 저는 이미 위험을 감수할 각오가 돼 있습니다."

사실 나는 사직을 하든지 아니면 기숙사생 전원에게 사과를 받아 내든지 양자택일하기로 마음먹고 있던 참이었다.

"그렇다면야 더는 할 말이 없네만 실은 나도 교감으로서 자네 처지를 생각해서 하는 말이니 고깝게 듣지는 말게."

"교감 선생님께서는 진심으로 선생을 호의적으로 보고 계십니다. 나 역시 도쿄 토박이로서 선생이 될 수 있으면 학교에 오래 남아 있기를 바라는 마음에서 미약하나마 서로 힘이 되고자 보이지 않는 데서 애쓰고 있거든요."

따리꾼이 모처럼 사람다운 소리를 했다. 따리꾼에게 신세를 질 바에야 차라리 목을 매달아 세상을 하직하고 말겠다.

"그래서 말인데 학생들은 자네가 온 것을 대단히 반기고는 있지만, 거기에는 그럴 만한 여러 가지 사정이 얽혀 있어서 말이야. 물론 자네도 화가 날 만도 하겠지만, 지금은 한 성질 죽일 때라고 생각하고 참아 주게. 자네에게 해가 되는 일은 절대로 하지 않을 테니까."

"여러 가지 사정이라뇨? 그 사정이란 게 대체 어떤 것입니까?"

"그게 좀 복잡하게 뒤얽힌 사정이긴 한데, 뭐 차차 알게 될 걸세. 굳이 내가 말하지 않더라도 자연스럽게 알게 되는 날이 올 거야. 그렇지 않은가 요시카와 선생?"

"예, 옳습니다. 워낙 복잡해 놔서 하루아침에 알기란 도저히 불가능한 일이지요. 시간이 약이란 말도 있듯이 차차 알게 될 겁니다. 굳이 제가 말하지 않더라도 자연스럽게 알게 될 날이 올 겁니다."

따리꾼은 앵무새처럼 빨간 남방이 했던 말을 똑같이 되풀이했다.

"그토록 얽히고설킨 사정이라면 굳이 말을 해주지 않아도 상관없습니다만, 교감 선생님께서 먼저 말을 꺼냈기 때문에 제가 물어본 것뿐입니다."

"그건 자네 말이 옳아. 내가 먼저 말을 꺼내 놓고 말을 자르는 건 무책임한 일이지. 그럼 우선 이 말만은 해두지. 미안한 소리지만, 자넨 물리학교를 갓 졸업해서 교사의 경험도 아직 미천하지 않은가. 그런데 학교라는 곳은 사사로운 정과 이해관계가 워낙 복잡하게 얽혀 있기 때문에 학생 때 생각한 것처럼 그렇게 담백하게 돌아가지 않는다는 거야."

"담백하게 돌아가지 않으면 어떤 식으로 돌아간다는 것입니까?"

"자네는 지나치게 솔직한 게 탈이야. 그래서 아직 경험이 미천하다는 소릴 듣는 거야."

"제가 경험이 미천한 건 기정사실이지 않습니까? 이력

서에서 보신 것처럼 전 아직 23년 4개월밖에 살지 않았으니까요."

"그래서 하는 말일세. 생각지도 못한 데서 이용당할 수 있다는 거야."

"정직하게 살면 그 누가 이용하려고 들든 저는 전혀 두렵지 않습니다."

"그야 물론 그렇겠지. 두렵지는 않더라도 희생양이 될 수 있다는 거야. 자네 전임자가 실제로 당한 사실이 있으니까 조심하는 게 좋을 것 같아서 하는 말일세."

어째 따리꾼이 얌전하게 군다 싶어서 고개를 돌려 보니 어느새 선미 쪽에서 뱃사공과 낚시에 관한 얘기를 나누고 있었다. 따리꾼이 끼어들지 않으니까 대화가 한결 수월했다.

"제 전임자가 누구에게 당했다는 말씀이신가요?"

"누구라고 지목하는 건 당사자의 명예 훼손이 될 소지가 다분하기 때문에 밝히긴 곤란해. 게다가 확실한 증거가 있는 것도 아니라서 섣불리 말했다가는 외려 그 화살이 내게 돌아올 수도 있기 때문이야. 아무튼 자네가 어렵사리 이곳에 왔는데 여기서 실패라도 하면 우리도 자네를 불러온 보람이 없지 않은가. 아무쪼록 주의를 기울이는 게 좋을 거야."

"지금보다 더 주의를 기울이는 건 어렵습니다. 나쁜 짓만 하지 않으면 되는 것 아닙니까?"

"호호호호."

빨간 남방이 소리 내어 웃었다. 내가 특별히 웃길 만한 얘기를 하지도 않았다. 나는 이날 이때까지 내가 살아온 방식대로 살면 된다고 굳게 믿고 있었다. 생각해 보니 세상 사람들 대부분은 그릇된 짓을 하도록 권장하는 것만 같았다. 그릇된 짓을 해야만 사회에서 도태되지 않고 출세하는 것으로만 인식하는 분위기였다. 간혹 정직하고 때가 묻지 않은 사람을 보면 세상 물정에 어두운 철부지 도련님이라는 둥 샌님이라는 둥 괜한 트집을 잡아 깔아뭉개며 업신여긴다. 이런 식이면 초등학교와 중학교에서 도덕 선생이 학생들에게 거짓말을 하면 안 된다. 정직해야 한다고 가르치지 않는 편이 낫다. 학교에서 차라리 대놓고 거짓말하는 방법이라든지 남들을 믿지 않는 기술을 터득하게 한다든지 남을 속여 이용하는 술책을 가르치는 편이 세상을 위하고 당사자를 위해서도 보탬이 될 것이다. 빨간 남방이 '호호호호' 소리 내어 웃은 이유는 나의 단순함을 비웃은 것이다. 단순함과 진솔함이 비웃음을 사는 세상이라면 어쩔 도리가 없다. 기요 할멈은 이런 상황에서 절대로 웃는 법이 없었다. 대단히 감동하며 귀담아들어 주었다. 그런 점에서 기요 할멈이 빨간 남방보다 훨씬 훌륭했다.

"물론 나쁜 짓을 하지 않으면 되지. 하지만 본인이 나쁜 짓을 하지 않더라도 남이 나쁜 짓을 하는 걸 깨닫지 못하면 낭패를 보게 된다는 걸세. 세상은 만만하고 담백한 것처럼 보여도, 친절하게 하숙집을 소개해 준다고 해서 절대로 방심해서는 안 되는 법이야. 바닷바람이 제법 쌀쌀해졌네. 벌써 가을이 성큼 눈앞에 왔군. 해변 쪽은 이미 안개가 끼어 흑갈색으로 변했군. 장관이로구나. 이보게, 요시카와 선생. 저 해변 경치 어떤가?"

빨간 남방이 목청을 높여 따리꾼을 불렀다.

"이야, 경치 한번 끝내주는군요. 시간만 허락하면 사생이라도 하겠는데, 그냥 지나치려니 참 아쉽습니다."

따리꾼이 호들갑을 떨며 지껄여 댔다.

미나토야 여관 2층에 등불이 하나 켜지고 '뿌앙' 기차의

기적 소리가 울릴 때 내가 탄 배는 물가 모래사장에 뱃머리를 푹 처박고 멈춰 섰다.

"일찍 돌아오셨군요."

미나토야 여관의 여주인이 물가에 서서 빨간 남방에게 인사말을 건넸다. 나는 뱃전에서 '으샤!' 하는 기합소리와 동시에 모래사장으로 뛰어내렸다.

6

따리꾼이 정말 얄미워 죽겠다. 이런 인간은 김칫돌을 매달아 바다 밑바닥에 가라앉혀 버리는 게 나라에 이바지하는 길이다. 빨간 남방은 목소리가 영 탐탁지 않다. 타고난 목소리를 부러 젠체하며 저렇게 간드러지게 내는 것이리라. 아무리 잘난 체한들 그 상판대기로는 먹혀들 리 없다. 혹해서 넘어가는 사람이 있어 봤자 마돈나 정도일 것이다. 교감인 만큼 따리꾼보다 어려운 문자를 끌어다 쓴다. 집에 돌아와 곰곰이 생각해보니 그자가 한 말이 일리가 있는 소리 같기도 했다. 확실하게 말을 하지 않아 모호하긴 하지만, 아무래도 높새바람이 주의해야 할 인물이니 그렇게 알라는 소리 같았다. 그러면 그렇다고 똑 부러지게 말하면 될 것이지. 사내답지 않다. 그렇게 질이 나쁜 선생이라면 얼른 면직해버리면 될 것 아닌가. 문학사 출신 교감이란 작자가 더럽게도 배포가 없다. 험담을 할 때조차도 터놓고 이름을 밝히지 못할 정도의 사내인 걸 보면 겁쟁이가 확실하다. 겁쟁이는 친절한 법이니까 빨간 남방 역시 여자처럼 친절한 척하는 사람일 것이다. 친절한 것은 친절한 것이고 목소리는 목소리다. 그러니까 그 목소리가 마음에 들지 않는다고 해서 친절한 것마저 무시하는 건 도리에 어긋난다. 그건 그렇고, 세상은 참 요지경 속이다. 주는 것 없이 얄미운 놈이 친절을 베풀고, 마음이 통하는 동료가 나쁜 놈이라니 나를 완전히 등신 취급하고 있다. 촌구석이다 보니 모든 것이 도쿄와는 정반대로 돌아가는 모양이었다. 뒤숭숭한 곳이다. 머지않아 불덩이가 얼어붙고, 돌덩이가 두부로 변할지도 모르는 일이었다. 하지만 높새바람이 학생들을 선동하다니, 그런 장난질을 할 사람 같지도 않았는데 말이다. 하기야 학생들 사이에 가장 신망이 두터운 선생이니만큼 뭐든 하려고 마음만 먹으면 웬만한 일은 할 수 있을 것이다. 번거롭게 에두르지 말고 직접 내게 싸움을 걸면 수고를 덜 수 있을 텐데. 내가 방해가 된다면 실은 이러저러해서 거추장스러우니 사직을 해 달라고 하면 될 일이다. 무슨 일이든 서로 의논하면 어떻게든 해결책이 생기기 마련이다. 그쪽 주장이 타당하면 내일이라도 당장 사직해 주겠다. 밥벌이할 데가 어디 여기뿐이겠는가. 어딜 가든지 길

바닥에 쓰러져 죽는 일만은 없을 것이다. 높새바람도 도저히 상종 못할 놈이다.

이곳에 왔을 때 맨 먼저 내게 빙수를 사준 사람이 바로 높새바람이었다. 겉과 속이 다른 그런 놈에게 빙수를 얻어 마셔서야 내 체면이 말이 아니다. 딱 한 잔만 얻어 마셨으니 1전 5리를 빚진 셈이다. 하지만 1전이든 5리든 사기꾼에게 신세를 지면 죽는 그날까지 내 마음이 편할 리 없다. 내일 학교에 가서 1전 5리를 당장 갚아 버려야겠다. 나는 기요 할멈에게 3엔을 빌렸다. 5년이 지났지만 아직도 그 3엔을 갚지 않고 있다. 갚을 능력이 없어서가 아니라 갚지 않은 것이다. 기요 할멈은 조만간 갚아 주겠지 하며 결코 내 주머니 사정을 엿보지는 않을 사람이다. 나도 조만간 갚아야지 하고 남처럼 의리를 내세울 생각 따위는 하지 않고 있다. 그런 걱정을 하면 할수록 기요 할멈의 마음을 의심하는 꼴이 되어서 그 아리따운 마음씨에 흠집을 내게 된다. 갚지 않는 것은 기요 할멈을 결코 깔보아서가 아니라 할멈을 내 분신으로 여기기 때문이다. 기요 할멈과 높새바람은 아예 비교할 대상이 되지 않았다. 하지만 빙수든 감로차든 남에게 얻어 마시고도 내가 잠자코 있는 건 바로 그쪽을 어엿한 인격체로 간주하고 그 사람의 후의에 고마움을 표하는 행동이었다. 내 몫을 내버리면 그만이다. 하나, 그것을 마음속으로 고맙게 여기는 건 돈으로 바꿀 수 없는 답례였다. 비록 이렇다 할 감투는 없을지언정 나는 버젓이 홀로 선 인간이다. 그런 내가 고개를 숙이는 건 억만금보다 더 값어치가 있는 답례로 여겨야 마땅하다. 나는 높새바람에게 1전 5리를 더 내게 하고 억만금을 주고도 살 수 없는 답례를 한 것으로 생각했다. 높새바람은 내게 고마워해야 마땅하다. 그런데 뒷전에서 비열한 행동을 하다니 괘씸하기 짝이 없는 후레자식이다. 내일 학교에 가서 당장 1전 5리를 갚아 버리고 나면 더는 주고받고 할 것도 없다. 그런 다음에 대판 싸워 보자.

나는 여기까지 생각하자 졸음이 몰려와 쿨쿨 잠에 빠져들고 말았다. 다음 날 아침에는 생각하는 바가 있어서 평소보다 일찍 학교에 출근해서 높새바람이 나타나기만을 기다렸다. 그런데 이 화상은 좀처럼 모습을 드러내지 않았다. 끝물호박이 교무실로 들어서고 잇따라 한문 선생과 따리꾼이 차례로 들어왔다. 마지막에 빨간 남방까지 모습을 드러냈는

데도 높새바람의 책상 위에는 분필 한 자루만이 세로로 뉘어져 있을 뿐 잠잠했다. 나는 교무실에 들어서자마자 돌려줄 생각으로 집을 나설 때부터 온천장에 갈 때처럼 1전 5리를 손에 움켜쥐고 학교까지 왔다. 나는 손에 땀이 많이 나는 체질이라 손바닥을 펴보니 땀으로 흠뻑 젖어 있었다. 땀에 젖은 돈을 그냥 주면 높새바람이 뭐라고 군소리를 하겠다 싶어 책상 위에 놓고 후후 분 다음에 다시 쥐었다. 그때 빨간 남방이 다가와 말을 걸었다.

"어제는 실례했네만, 폐가 되진 않았는가?"

"폐가 되진 않았습니다. 다만 덕분에 배를 쫄쫄 곯았을 뿐입니다."

그러자 빨간 남방은 높새바람의 책상 위에 팔꿈치를 괴고 떡판처럼 생긴 상판대기를 내 코 옆에 바짝 들이밀었다. 왜 그러나 했더니 이런 말을 꺼냈다.

"자네, 어제 돌아오는 배 안에서 우리가 주고받은 얘기는 비밀로 해주게. 아직 아무에게도 말하진 않았겠지?"

목소리를 여자처럼 내는 만큼 부질없는 잔걱정도 많은 사내 같았다. 아무에게도 말을 하지 않은 건 사실이었다. 하지만 이제 곧 얘기할 작정으로 나는 이미 1전 5리를 챙겨 손에 움켜쥐고 있는 판이라, 여기서 빨간 남방에게 입막음을 당해서는 좀 곤란했다.

빨간 남방도 빨간 남방이었다. 딱히 높새바람이라고 이름을 대지는 않았어도 그 정도쯤은 얼마든지 추측이 가능했다. 그런 수수께끼를 내 놓고선 이제 와서 그 수수께끼를 풀면 본인에게 민폐가 된다니, 교감답지 않게 무책임했다. 정상적인 사고를 지닌 사람이라면 내가 높새바람에게 선전포고를 하고 싸움판이 한창 벌어지고 있을 때 당당하게 나타나 내 편을 드는 게 마땅하다. 그래야만 한 학교의 교감 자격이 있고 빨간 남방 입기를 고집하는 명분도 서는 법이다.

나는 이렇게 대답했다.

"아직 아무에게도 말하진 않았습니다만 이제 곧 높새바람과 담판을 벌일 생각입니다."

빨간 남방은 몹시 당혹한 표정을 지으며 입을 열었다.

"자네, 그렇게 난폭하게 굴면 곤란해. 내가 자네에게 홋타 선생이라고 지목한 적은 없지 않은가. 만일 자네가 여기서 난폭하게 구는 날에는 내 처지가 아주 난처하게 되고 말

아. 자네는 학교에 소동을 일으키러 온 건 아니지 않은가?"

빨간 남방이 상식 밖의 소리를 늘어놓았다.

"그건 당연하지요. 월급을 받는 주제에 교내에서 소동을 벌인다면 학교에서도 당혹스럽겠지요."

그러자 빨간 남방이 진땀을 빼며 애원하듯 말했다.

"그럼 이제 그 일은 자네가 참고만 하고 입 밖에 내지 않겠다는 거지?"

"좋습니다. 저도 곤란하지만 교감 선생님께 그토록 누가 된다면 높새바람과의 담판은 없던 일로 하겠습니다."

"자네, 그 말 믿어도 되겠는가?"

빨간 남방이 쐐기를 박으려는 듯 재차 다짐을 했다. 어디까지 여성스러운지 그 깊이를 알 수 없었다. 문학사가 다 저 모양이라면 한심한 일이다. 이치에도 어긋날 뿐 아니라 논리적으로도 타당하지 않은 주장을 내세우면서도 태연했다. 게다가 감히 나를 의심하려 들다니, 외람되지만 난 사내대장부다. 한번 약속한 일을 돌아서서 야비하게 깨 버릴 그런 생각은 추호도 없었다.

그러는 사이에 양옆에 있는 책상 주인들도 출근하자 빨

간 남방은 얼른 자기 자리로 돌아갔다. 빨간 남방은 걸음걸이마저 거드름을 피우며 걷는다. 교무실 안을 오갈 때도 소리를 내지 않으려고 구둣발을 사뿐히 내려놓았다. 발소리를 내지 않고 걷는 것이 자랑거리가 된다는 사실을 이때 처음 알았다. 도둑질 예행연습을 하는 것도 아닐 테고, 그냥 자연스럽게 걸으면 어디가 덧나나? 드디어 수업 시작을 알리는 종소리가 울렸다. 높새바람은 끝내 모습을 드러내지 않았다. 달리 방법이 없어서 1전 5리를 책상 위에 그냥 두고 교실로 향했다. 1교시 때는 사정이 생기는 바람에 좀 늦게 교무실로 갔더니 다른 선생들은 모두 책상 앞에 앉아서 이야기를 나누고 있었다. 어느새 높새바람도 와 있었다. 결근을 하나 했더니 지각을 한 것이었다. 높새바람이 나를 보자마자 대뜸 이렇게 말했다.

"자네 덕분에 오늘 내가 지각을 다 하게 되었으니, 벌금을 내야겠어."

나는 책상 위에 놔 둔 1전 5리를 높새바람에게 내밀며 말했다.

"이것 받아 두게. 요전에 얻어 마신 빙수 값이야."

"그게 무슨 소리야?"

높새바람이 빙그레 웃었다. 하지만 뜻밖에 내가 정색을 하자 돈을 내 책상 위로 밀어 놓으며 말했다.

"별 싱거운 농담 그만하게."

어쭙잖게 높새바람 딴에는 기어코 인심을 쓰겠다 이거로군.

"농담이 아니라 진담일세. 난 자네에게 빙수를 얻어 마실 까닭이 없다고 생각해서 내 몫을 내는 거니까 받지 않을 이유가 없지 않은가?"

"1전 5리가 그렇게도 마음에 걸린다면야 일단 받겠네만, 뜬금없이 왜 이제 와서 돌려주겠다고 우기는 건가?"

"지금이고 아무 때고 돌려주는 건 내 마음이야. 얻어 마시는 게 싫어서 돌려주는 거야."

높새바람은 쌀쌀맞게 나를 쳐다보며 '흥' 하고 콧방귀를 뀌었다. 빨간 남방이 부탁만 하지 않았으면 이 대목에서 높새바람이 저지른 비열한 짓을 까발리고 대판 싸움이라도 벌였겠지만, 일절 입 밖에 내지 않기로 빨간 남방과 약속을 한 터라 참을 수밖에 없었다. 남은 열받아 죽겠는데 콧방귀를

꿔다니, 어처구니가 없군.

"빙수 값은 받을 테니까 당장 하숙집에서 나가 주게."

"1전 5리만 받으면 그만이지, 하숙집에서 나가든 말든 그건 내 마음이야."

"그런데 그게 자네 마음이 아니란 말일세. 자네를 나가게 해 달라며 부탁하러 아카긴이 어제 날 찾아왔더구나. 얘기를 들어 보니 그 말에 일리가 있더군. 그래도 다시 한번 확인할 겸 오늘 아침 아카긴 댁에 들러서 이야기를 자세하게 듣고 왔어."

나는 높새바람이 무슨 말을 지껄이는지 도무지 말귀를 이해할 수가 없었다.

"아카긴이 자네에게 무슨 말을 했는지 내가 알게 뭐야. 일방적으로 그렇게 결정해 본들 아무 소용 없는 것 아닌가. 이유가 있으면 먼저 내게 그걸 말하는 게 순서지. 아카긴이 하는 말만 듣고 일리가 있다느니 하는 그런 무례하기 짝이 없는 소리 그만 집어치우게."

"뭐, 정 그렇다면 말해 주지. 자네가 하도 오만무례한 짓을 해서 하숙집에서 골머리를 앓고 있다고 하더군. 아무리 하숙집 부엌데기라지만 식모와는 처지가 다르지 않은가. 자네가 발을 내밀며 닦아 달라고 했다는데 그건 지나친 행동 아닌가?"

"내가 언제 하숙집 여편네에게 발을 닦으라고 했다는 거야?"

"닦게 했는지 아닌지 그건 나도 모르지. 아무튼 그쪽에서는 자네를 골칫거리로 여기고 있다네. 그깟 하숙비 10, 15엔쯤이야 족자 한 폭만 팔아도 그 정도 이문을 남기는 건 문제도 아니라고 하더군."

"마구 떠벌리며 잘난 체하는 놈이로군. 그럴 거면 뭐 하러 날 집에 들였는데?"

"왜 들였는지 그건 나야 모르지. 들이긴 들였지만 이제 싫어졌으니까 나가 달라고 하는 거겠지. 자네 그만 나가 주게."

"암, 나가주고말고. 있어 달라고 빌어도 있을 것 같나? 얼토당토않는 생트집을 잡는 그런 집을 소개해 준 자네부터가 괘씸해."

"그래, 내가 괘씸한 건지 자네가 무례한 짓을 한 건지 둘 중 하나겠지."

높새바람도 나 못지않게 욱둥이에다 몹시 지기 싫어하는 성격이라 버럭 소리를 질렀다. 교무실에 있던 동료 교사들은 무슨 일이 터졌나 싶어 일제히 고개를 쭉 빼고 멍하니 우리 쪽을 쳐다봤다. 나는 특별히 남부끄러운 일을 하지 않았기 때문에 자리에서 일어나면서 교무실 안을 한번 쓰윽 둘러보았다. 모두 놀란 표정인데 따리꾼만 재미나다는 듯이 웃고 있었다. 내가 눈을 부라리며 어디 네놈도 한번 붙어 볼 테야 하는 식으로 박고지처럼 생긴 상판대기를 쏘아봤다. 그러자 따리꾼은 얼른 웃음을 거두고 진지한 표정으로 무척 자제하는 태도를 취했다. 무섭긴 좀 무서웠나 보다. 그때 종이 울렸다. 우리는 싸움을 멈추고 교실로 향했다.

오후에는 요전날 밤에 내게 무례한 짓을 저지른 기숙사생들 처분 방안에 관한 회의가 열릴 예정이다. 나는 회의가 난생처음이라 어떻게 돌아가는지 통 알 수는 없었지만, 아마도 교직원들이 한자리에 모여 각자 의견을 개진하면 교장이 적절히 그 의견을 수렴하는 형식일 것이다. 의견 수렴이란 흑백을 가리기가 까다로운 사항을 처리할 때나 쓸 만한 말이다. 이번 경우처럼 누가 봐도 기숙사생이 무례한 짓을 저지른 사실이 분명한 사건을 두고 회의에 부치는 것은 시간 낭비였다. 누가 어떤 해석을 내놓든 딴소리가 나올 여지가 없었다. 명백한 이런 사건은 즉시 교장 직권으로 응당한 처분을 내려 버리면 될 일이었다. 결단성이 어지간히도 없다. 교장이란 자가 이렇다면 허수아비에다 쓸모없는 굼벵이나 다름없다.

회의실은 교장실 옆방에 있는 길쭉하고 좁다란 방인데, 평소에는 식당으로 대신 쓰는 곳이었다. 기다란 테이블 주위에 까만 가죽을 씌운 의자가 스무 개쯤 놓여 있었다. 언뜻 도쿄 간다에 있는 서양 요리점의 분위기가 났다. 테이블 한쪽 끝에 교장이 앉고 그 옆에 빨간 남방이 자리를 잡고 앉았다. 나머지 선생들은 각자 적당히 알아서 앉는다고 했다. 체육 선생만은 겸손하게 항상 말석에 앉는다고 했다. 나는 어찌해야 좋을지 몰라서 박물 선생과 한문 선생 사이에 끼어 앉았다. 맞은편에는 높새바람과 따리꾼이 나란히 앉았다. 아무리 봐도 따리꾼의 상판대기는 영 볼품이 없었다. 비록 싸움을 했어도 높새바람 낯짝이 훨씬 볼품이 있었다. 아버지 장례식을 고비나타 요겐지 절에서 할 때 거기에 걸려 있던 족자 속

얼굴과 높새바람은 많이 닮았다. 당시 스님에게 여쭈어보니 신출귀몰한 불교 수호신 위태천이라고 했다. 오늘은 화가 잔뜩 나서인지 높새바람이 눈을 부라리고 힐끔힐끔 나를 쳐다본다. 그만한 일로 내가 겁을 집어먹을 성싶으냐며 그에 뒤질세라 나도 눈을 부라리고 응수했다. 내 눈은 잘생긴 편은 아니지만 크기만큼은 웬만한 사람 못지않다. "도련님은 눈이 하도 커서 배우가 되면 참 잘 어울릴 거예요." 하는 말을 기요 할멈이 누차 했을 정도다.

"자, 이제 거의 다 모이셨죠?"

교장이 먼저 말을 꺼내자 가와무라 서기가 하나, 둘, 소리 내어 머릿수를 세 보더니 한 사람 부족하다고 했다. 나도 한 사람 부족하다고 생각하던 참이었으니까 틀림없이 부족할 것이다. 끝물호박 선생이 아직 오지 않았다. 전생에 나와 끝물호박 선생은 어떤 인연이었는지는 모르지만, 하여간 이 사람의 얼굴을 처음 보는 순간부터 도저히 잊히지가 않는다. 교무실에 들어서면 끝물호박 선생이 눈에 확 들어왔다. 길을 가다가도 문득 끝물호박 선생 모습이 눈앞에 아른거렸다. 온천을 하러 가서 보면 간혹 끝물호박 선생이 창백하고 부은 얼굴로 탕 안에 들어앉아 있었다. 인사를 건네면 황송한 표정으로 "아, 네." 하고 머리를 숙이는 바람에 미안한 생각마저 들었다. 교직원들 중에서 끝물호박 선생만큼 점잖은 사람은 아무도 없었다. 좀처럼 웃지도 않고 불필요한 말을 한 적도 없다. 나는 군자라는 말을 책을 통해서 알고는 있지만, 사실상 이 말은 사전에만 실려 있을 뿐 실존 인물은 존재하지 않을 것으로 생각하고 있었다. 그런데 끝물호박 선생을 만나고 나서 비로소 그 문자의 실체가 현실 속에 엄연히 존재한다는 사실에 놀라움을 금치 못했을 정도다. 그만큼 관심이 지대한 사람인지라 회의실에 들어서자마자 나는 끝물호박 선생이 없는 걸 대번에 알았다. 사실은 그 사람 옆자리에라도 앉으려고 은근히 눈독을 들이며 왔을 정도다.

"이제 곧 오겠지요."

교장은 이 말과 동시에 앞에 놓인 보라색 비단 보자기를 풀어 인쇄된 유인물을 꺼내 들여다봤다. 빨간 남방은 비단 손수건으로 호박 곰방대를 문질러 닦기 시작했다. 이 양반은 그게 하나의 취미다. 빨간 남방에게나 딱 어울릴 만한 취미다. 딴 선생들은 옆자리에 앉은 사람과 소곤소곤 무슨 이야기를 나누고 있었다. 할 일이 없어 무료한 사람은 연필 끝에 달린 지우개로 뭔가 테이블에 열심히 쓰고 있었다. 따리꾼은 이따금 높새바람에게 말을 건네 보지만, 높새바람은 그저 "응."이라고 하거나 "아아." 하고 짧게 대답할 뿐 전혀 응하려고 들지 않았다. 때때로 매서운 눈초리로 나를 노려봤다. 나 역시 그에 질세라 째려보았다.

그때 기다리던 끝물호박 선생이 미안한 표정으로 회의실로 들어섰다.

"죄송합니다. 볼일이 좀 생겨서 늦었습니다."

너구리를 향해 깍듯이 인사를 했다.

"그럼 이제 회의를 시작하겠습니다."

너구리는 우선 가와무라 서기에게 유인물을 나눠 주도록 지시했다. 들여다보니 첫째가 기숙사생 처분에 관한 건, 그다음이 학생 단속 건, 그 밖에 두서너 가지 안건이 더 적혀 있었다. 너구리는 여느 때처럼 근엄한 체 분위기를 잡으며 자신이 무슨 산교육의 영혼이라도 되는 양 다음과 같이 훈시했다.

"학교에 적을 둔 교직원들과 재학생들의 과실은 모두 제 부덕의 소치입니다. 무슨 사건이 생길 때마다 교장 자리에 연연해하는 것 같아 부끄럽기 한량없습니다. 유감스럽게도 이번에 또 이러한 소동을 야기한 것에 대하여 여러분에게 심심한 사과의 말씀을 드리는 바입니다. 하지만 일단 야기한 다음에는 어쩔 도리가 없습니다. 어떤 식으로든 처분을 내려야만 합니다. 사건의 개요는 여러분들께서 이미 잘 알고 계실 테니 선후책에 관하여 기탄없이 의견 개진을 해주시면 참고하도록 하겠습니다."

나는 교장의 말을 들으면서 역시 교장인지 너구리인지 하는 자는 입심이 참 대단하다는 사실에 감탄했다. 이처럼 교장이 스스로 모든 책임을 통감하고 자신의 허물이니 부덕의 소치니 하고 운운할 정도라면 학생들의 처분은 집어치우고 자신부터 먼저 사직을 하면 조용히 끝날 일이었다. 그러면 번거롭게 이런 회의 따윈 하지 않아도 된다. 우선 상식적으로 생각해도 알 수 있었다. 내가 고분고분 숙직을 서는데 학생들이 난폭하게 굴었다. 그렇다면 나쁜 쪽은 교장도 아니요 나도 아니다. 당연히 학생들이다. 만약 높새바람이 학생들을 선동했다면 학생들과 높새바람에게 응분의 조처를 취하면 그걸로 충분했다. 남이 저지른 과실을 내 탓이요, 내 탓이오 하며 안다미를 쓰겠다며 나발을 불어 대는 정신 나간 놈이 세상천지에 어디 있단 말인가? 너구리가 아니고서야 감히 어림도 없는 궤변이었다. 너구리는 사리에 닿지도 않는 이런 말을 마구 떠벌리면서 의기양양하게 좌중을 쓰윽 둘러보았다. 그런데도 입을 떼는 자가 아무도 없었다. 박물 선생은 제1 교사 지붕 위에 내려앉은 까마귀를 바라보고 있고, 한문 선생은 유인물을 접었다 폈다 하며 만지작거리고 있었다. 높새바람은 여전히 내 얼굴을 째려보고 있었다. 회의가 이처럼 터무니없는 것이라면 불참하고 낮잠이나 퍼질러 자는 게 더 낫겠다.

감질나서 견딜 수 없어 맨 먼저 따끔하게 한마디 해주기로 마음먹고 엉덩이를 반쯤 들었을 때, 빨간 남방이 입을 여는 바람에 그만두었다. 빨간 남방은 곰방대를 집어넣고는 줄무늬 비단 손수건으로 얼굴을 훔치면서 입을 열었다. 저 손수건은 틀림없이 마돈나를 후무려서 갈취하다시피 한 것이었으리라. 남자라면 모름지기 흰색 삼베 손수건을 써야 하는 법이다.

"저도 기숙사생들이 난동을 부렸다는 소리를 듣고 교감

으로서 지도 소홀과 평소 어린 학생들에게 덕으로 교화하지 못한 점 정말 부끄럽기 한량없습니다. 그런데 일련의 이런 일은 무언가 결함이 있을 때 발생하기 마련이며, 사건 그 자체만 보면 어쩐지 학생들에게만 그 잘못이 있는 것처럼 비치지만, 그 진상을 자세히 들여다보면 그 책임은 오히려 학교측에 있을지도 모릅니다. 그러므로 표면상 드러난 정황만으로 엄중한 제재를 가하는 것은 외려 학생들의 장래를 위해서도 바람직하지 않다고 사료됩니다. 게다가 왕성한 혈기를 주체하지 못하는 청소년들이다 보니, 뭐가 옳고 그른 것인지를 제대로 분간하지 못하고 반 무의식적으로 그런 장난을 친 것으로 사료됩니다. 물론 처분 방법과 그 수위는 교장 선생님께서 판단하실 사안이라 제가 참견할 처지는 아니지만, 아무쪼록 그러한 전후 사정을 참작하셔서 되도록 처분을 관대하게 내려 주시길 간절히 바라는 바입니다."

과연 너구리도 너구리지만, 빨간 남방도 빨간 남방이었다. 학생들이 난동을 부린 것은 학생들의 잘못이 아니라 그 잘못이 바로 선생에게 있다고 공언하고 있었다. 미치광이가 무고한 사람의 머리를 후려갈긴 건 얻어맞은 사람이 맞을 짓을 했기 때문에 미치광이가 후려갈긴 것이란다. 하느님 맙소사. 왕성한 혈기를 주체하지 못하면 운동장에 나가서 씨름판이라도 벌이면 될 일이지. 반 무의식적으로 이부자리 속에 방아깨비를 집어넣는다는 게 말이나 될 소린가. 이런 식이라면 자는 사람 목이 달아났는데도 반 무의식적으로 저지른 일이라며 훈방할 셈인가.

나는 이런 생각을 하며 무슨 말을 해야 좋을지 궁리했다. 발언을 할 바엔 이왕이면 사람들이 깜짝 놀라도록 일사천리로 말하지 않으면 아무 소용없다. 나는 평소 화가 났을 때 두세 마디만 하고 나면 꼭 말문이 막히고 마는 버릇이 있었다. 너구리도 빨간 남방도 인물로만 따지면 나보다 못하지만, 말주변만큼은 여간 뛰어난 게 아니어서 섣불리 말을 꺼냈다가 말꼬투리라도 잡히면 난감한 처지에 몰리게 되고 말 것이다. 그래서 복안을 세우려고 마음속으로 문장을 만들어 보았다. 그때 앞자리에 앉아 있던 따리꾼이 벌떡 일어서는 바람에 놀랐다. 따리꾼 주제에 의견 개진을 하다니 시건방졌다. 채신머리없고 경망스런 어조로 말했다.

"이번 방아깨비 사건과 함성 사건은 양식 있는 교직원의

한 사람으로서 우리 학교의 장래를 은근히 걱정하지 않을 수 없는 보기 드문 사건입니다. 우리 교직원 일동은 이 기회에 솔선하여 스스로 반성하고 앞으로 학교의 기강을 더욱 공고히 다져 나가야 하겠습니다. 그런 의미에서 보면 방금 교장 선생님과 교감 선생님께서 실로 긍경(肯綮)을 찌르는 개절(凱切)한 고견(高見)에 저는 철두철미(徹頭徹尾) 찬성(贊成)해 마지않습니다. 아무쪼록 관대한 처분을 앙망(仰望)하는 바입니다."

따리꾼이 지껄인 말은 언어이긴 하나, 그 뜻이 잘 통하지도 않는 한자만 줄줄이 늘어놓는 바람에 무슨 소린지 도통 알 수가 없었다. 다만 개중에 알아들은 건 철두철미 찬성한다는 말뿐이었다.

나는 따리꾼이 한 말의 의미는 제대로 알아들을 수는 없었지만 어쩐지 머리끝까지 화가 치밀어 복안을 세우기도 전에 그만 벌떡 일어서고 말았다.

"저는 철두철미 반대하는 바입니다……."

막상 이렇게 내뱉긴 했지만 그다음 말이 퍼뜩 나오지 않았다.

"…… 그, 그런 뚱딴지와 같은 처분은 절대로 용납할 수 없습니다."

그러자 교직원들이 일제히 웃음을 터뜨렸다.

"그 잘못은 전적으로 학생들에게 있습니다. 용서를 빌도록 하지 않으면 버릇이 되고 맙니다. 퇴학 처분을 내려도 시원치 않을 판입니다……. 뭡니까, 불경스럽게. 새로 부임한 선생을 가지고 노는 것도 유분수지……."

나는 이렇게 발언하고 자리에 앉았다. 그러자 오른편에 앉은 박물 선생이 김새는 소리를 하고 나섰다.

"학생들의 그릇된 행동도 잘못이지만, 그렇다고 지나치게 엄한 처벌을 내리게 되면 도리어 반발을 살 수 있으니 그건 좀 곤란합니다. 역시 교감 선생님께서 말씀하신 바와 같이 저도 관대한 처분을 내리는 쪽을 찬성합니다."

왼쪽에 앉은 한문 선생도 원만하게 수습하는 쪽에 찬성표를 던졌다. 역사 선생도 교감 의견에 찬성한다고 했다. 원통하게도 선생들 대부분이 빨간 남방과 한통속인 온건파였다. 이런 작자들이 옹기종기 모여 학교를 운영하고 있으니 제대로 될 리가 없었다. 나는 학생들에게 사과를 받아 내든지 아니면 사표를 내던지든지 양자택일하기로 마음먹고 있었기 때문에 만약 빨간 남방이 승리를 거둔다면 곧바로 하숙집으로 돌아가서 짐을 쌀 각오를 하고 있었다. 어차피 이런 패거리를 상대로 내 언변으로 굴복시킬 재간도 없을 뿐 아니라 설령 굴복시킨다 한들 언제까지고 내가 이 축에 끼여 한데 어울려야 한다는 건 정말이지 질색이었다. 학교를 떠나고 나면 지지고 볶든 내가 알 바가 아니었다. 내가 또 무슨 말이라도 하면 웃을 게 뻔했다. '누가 말하나 봐라.' 하는 표정으로 시치미를 떼고 앉아 있었다.

그러자 입때껏 입도 뻥긋하지 않고 듣고만 있던 높새바람이 자리를 박차고 일어섰다. '이 화상도 보나마나 빨간 남방 의견에 찬성표를 던지겠지? 어차피 네놈과는 싸울 수밖에 없다. 맘대로 지껄여 보시지.' 나는 속으로 이런 생각을 하면서 지켜보고 있었다. 그런데 높새바람은 유리창이 흔들릴 만큼 우렁찬 목소리로 열변을 토하기 시작했다.

"저는 교감 선생님을 위시한 여러 선생님들 의견에 전혀 찬동할 수가 없습니다. 이번 사건이야말로 어느 모로 보나 쉰 명의 기숙사생이 새로 부임한 선생 아무개 씨를 경멸하고 골탕을 먹이려고 저지른 소행으로밖에 볼 수 없기 때문입니다. 교감 선생님께서는 그 원인이 마치 교사의 인물 됨됨이에 있는 것처럼 말씀하셨는데, 외람되지만 그 말씀은 실언이라 사료됩니다. 아무개 선생이 숙직을 서게 된 시점은 부임한 지 얼마 지나지도 않았을 뿐 아니라 학생들과 접촉한 지 채 20일도 안 된 때입니다. 20일이란 그 짧은 기간에 학생들이 그 선생의 학문과 인물을 평가할 수는 없다고 봅니다. 경멸을 받아 마땅할 이유가 있다면야 학생들의 행위를 참작할 명분이라도 있지만, 아무런 이유도 없는데 새로 부임한 선생을 우롱한 학생들에게 관대한 처분을 베풀어서는 학교의 위신이 깎이는 문제라고 생각하는 바입니다. 참교육의 정신은 단순히 학문을 가르치는 것만이 아니라 고상하고, 정직하고, 무사적인 기사도를 고취함과 아울러 야비하고 경솔하며 오만불손한 풍기를 소탕하는 데 있다고 생각합니다. 만약에 반발을 두려워하거나 소동이 더 크게 번지는 것을 우려해서 임시변통 처분을 내리는 날에는 이러한 폐습이 언제 쇄신할지 요원할 따름입니다. 이러한 패습을 근절하기 위해서 우리가 이 학교에 봉직하고 있는 만큼 이를 묵인하고 구렁이 담 넘어가듯 할 바에야 애초부터 교직에 몸담지 말았어야 한다고 생각합니다. 저는 이러한 이유로 기숙사생 전원을 엄벌에 처한 연후에 해당 교사의 면전에서 공개적으로 사과의 뜻을 전하는 것이 마땅한 조처라고 생각하는 바입니다."

높새바람은 이렇게 발언하고 자리에 털썩 앉았다. 모두 입을 다문 채 아무런 말도 하지 않았다. 빨간 남방은 다시 호박 곰방대를 문질러 가며 닦기 시작했다. 나는 몹시 기뻐서 몸 둘 바를 몰랐다. 내가 하고 싶은 말을 모조리 높새바람이 대변해 준 셈이었다. 나는 이처럼 단순한 사람이라 지금까지 다툰 사실은 까맣게 잊어 먹고 무척 고마운 나머지 반색하며 자리에 앉은 높새바람을 쳐다봤다. 하지만 높새바람은 내게 전혀 눈길조차도 주지 않았다.

잠시 후 높새바람이 재차 일어서더니 이렇게 덧붙였다.

"조금 전 깜빡 잊고 빠트린 말씀이 있습니다. 숙직원이 숙직 당일 밤 외출하여 온천장에 다녀온 모양인데 그것은 가당치도 않은 일이라 사료됩니다. 적어도 한 학교의 숙직을 책임진 사람이 간섭하는 사람이 없다고 해서 그 틈을 타 다른 데도 아니고 함부로 온천장에 간 것은 크나큰 실수입니다.

학생들의 처분 건과는 별도로 이 건에 관해서도 교장 선생님께서 특별히 그 당사자에게 주의를 촉구하기 바랍니다."

알다가도 모를 놈이었다. 칭찬을 하나 했더니, 곧바로 내 실책을 까발리고 나섰다. 나는 아무 생각 없이 지난번 숙직원이 외출한 사실을 보고 그게 관행인 줄 알고 그만 온천장에 간 건데, 듣고 보니 정말 그건 내 실수였다. 공격을 받아도 쌌다. 나는 다시 일어섰다.

"제가 숙직 당일 밤 온천장에 다녀온 건 사실입니다. 순전히 제 실수입니다. 사과 말씀드립니다."

내가 자리에 앉자 또 일제히 웃음을 터뜨렸다. 내가 무슨 말만 하면 웃었다. 같잖은 놈들이었다. 네놈들이 나처럼 이렇게 대놓고 제 실수를 자신 있게 시인할 수 있는가? 그럴 자신이 없으니까 웃고 난리 치는 것이겠지.

그러고 나서 교장이 마무리 발언을 했다.

"이제 더는 별다른 의견이 없는 것 같으니까 심사숙고해서 처리하도록 하겠습니다."

내친김에 결과부터 말하면 기숙사생들은 일주일 동안 외출 금지 처분을 받고 내 앞에서 용서를 빌었다. 용서를 빌지 않았더라면 그때 사표를 던지고 도쿄로 돌아갔을 텐데 뜻하지도 않게 내 주장대로 되는 바람에 결국 더 큰일이 벌어지고 말았다. 그 일은 차츰 말하기로 하고, 교장은 이때 회의의 연장이라며 이렇게 언급했다.

"학생들의 예의범절은 교사의 감화로 바로잡아 나가야 하는 것이므로 그 선봉에 선 교사는 가급적 음식점 같은 곳에 드나드는 것을 자제해 주기 바랍니다. 다만 송별회 따위의 모임이 있을 때는 예외입니다. 혼자서 그다지 권장할 곳도 못되는 곳에 드나드는 건 삼가시기 바랍니다. 예컨대 메밀국숫집이라든가 경단 가게 따위……."

이렇게 말하자 또 웃음이 터져 나왔다. 따리꾼이 '튀김 메밀국수'라는 말을 하며 높새바람에게 눈길을 보냈으나 높새바람은 거들떠보지도 않았다. 쌤통이었다.

나는 머리가 아둔해서 너구리가 하는 말뜻을 이해할 수 없었다. 메밀국숫집과 경단 가게에 드나드는 일이 중학교 선생을 하는 데 결격 사유가 된다면 나처럼 먹성이 좋은 사람은 못해 먹을 노릇이었다. 그렇다면 아예 메밀국수와 경단을 싫어하는 사람이라는 그런 조건을 달아서 뽑았어야지. 일언반

구도 없이 나를 임명해 놓고 이제 와서 메밀국수를 사 먹지 마라, 경단을 사 먹지 마라며 무자비한 포고령을 내리다니, 나처럼 그것 말고는 달리 즐길 거리가 없는 사람에겐 심각한 치명타가 아닐 수 없었다. 그때 빨간 남방이 또 참견하고 나섰다.

"중학교 선생의 신분은 원래 사회의 지도층이란 점에서 볼 때 물질적 쾌락만 추구해서는 곤란합니다. 그런 쪽에 심취하게 되면 결국 품성에 좋지 않은 영향을 미치게 되는 법입니다. 하지만 인간이기 때문에 뭔가 취미 생활을 하지 않으면 이렇게 좁은 시골 땅에 와서는 도저히 배겨 낼 수가 없습니다. 그래서 낚시를 한다거나 문학서를 탐독한다거나 아니면 신체시나 하이쿠를 짓는 등 어떻게든 고상하면서도 정신적으로 즐길 거리를 찾아야만 합니다."

잠자코 듣자 하니 제멋대로 열변을 토하고 있었다. 앞바다에 나가서 퇴비를 낚고, 고루키를 러시아 문학가로 둔갑시키고, 단골 기생을 소나무 아래 세워 두고, 오랜 연못에 퐁당 개구리가 뛰어든다*는 것이 정신적 오락이라면 튀김 메밀국

* 마쓰오 바쇼(松尾芭蕉, 1644~1694)의 하이쿠를 인용한 것이다.

수를 사 먹고 경단을 사 먹는 것 역시 정신적 오락이다. 시시콜콜한 그런 오락을 전수하기에 앞서 빨간 남방부터 빨아 입는 게 좋겠다. 머리끝까지 화가 치밀어 이렇게 따졌다.

"마돈나를 만나는 것도 정신적 오락입니까?"

그러자 이번에는 웃는 사람이 아무도 없었다. 모두 벌레 씹은 표정으로 서로 멀뚱멀뚱 쳐다보기만 하고 있었다. 빨간 남방은 쪽팔렸는지 고개를 수그렸다. 아이 고소해라. 한방 먹었지. 다만 측은하기 짝이 없는 사람은 바로 끝물호박 선생이었다. 내가 이렇게 내뱉자 창백한 얼굴이 더욱 창백해졌다.

7

나는 그날 밤 이카긴네 하숙집을 떠났다. 학교에서 돌아와 짐을 싸고 있는데 하숙집 안주인이 와서 말을 걸었다.

"무슨 못마땅한 일이라도 있나요? 화나신 일이 있으면 말씀해 주세요. 앞으로 시정할게요."

정말로 기가 찼다. 세상에는 어찌하여 이토록 요령부득한 자들로 들끓는단 말인가. 나더러 나가 달라는 건지 있어 달라는 건지 도통 종잡을 수가 없었다. 그야말로 미치광이들이었다. 이런 자들을 상대로 싸움을 걸어 봤자 도쿄 토박이의 명예만 더럽힐 뿐이라 짐수레꾼을 불러와 뒤도 돌아보지 않고 얼른 나와 버렸다.

나오긴 나왔으나 마땅히 갈 데를 정해 놓은 건 아니었다.

"어디로 모실까요?"

"잠자코 따라오기나 하시오. 곧 알게 될 테니까."

나는 짐수레꾼에게 이렇게 말하고 앞장서서 총총걸음으로 걸었다. 귀찮아서 그냥 야마시로야 여관으로 가려고도 생각했으나 어차피 다시 나와야만 하기 때문에 번거로울 뿐이었다. 이렇게 걸어가다 보면 하숙이든 뭐든 간판을 내건 집이 눈에 띄겠지. 그러면 그곳이 바로 하늘이 정해 준 내 거처라 생각하자. 이런 생각을 하면서 한적하고 살기 좋아 보이는 데를 찾아서 뱅글뱅글 돌아다니다 보니 어느새 가지야쵸 동네까지 와 버렸다. 이곳은 예전에 무사들이 모여 살던 고급 주택가라 하숙을 칠 만한 집이 있을 동네가 아니어서 더 번화한 곳으로 되돌아갈까도 생각했다. 그때 마침 좋은 생각이 떠올랐다. 내가 그토록 경애하는 끝물호박 선생이 이 동네에 살았다. 조상 대대로 이어온 집에서 살고 있는 만큼 이 근방의 사정은 훤히 꿰뚫고 있을 것이다. 끝물호박 선생을 찾아가서 도움을 청하면 괜찮은 하숙집을 찾아 줄지도 모른다. 다행히 일전에 한 번 인사 드리러 집에 간 적이 있어서 위치는 대강 알고 있었으므로 찾아 헤매는 수고는 덜 수 있었다. 현관 앞에 서서 "실례합니다. 계십니까?" 두 번 정도 부르자 잠시 후 쉰 살 가량의 노파가 고풍스런 등불을 들고 밖으로 나왔다. 나는 젊은 여자도 싫어하진 않지만 연세가 지긋한 분들을 뵈면 어쩐지 정겹게 느껴진다. 아마도 기요 할멈을 좋아하다 보니까 그런 마음이 여러 할머니에게 옮아가서 정겹게 느껴지는 모양이다. 아마 이 분은 끝물호박 선생의 어머니일 것이다. 머리를 짧게 단장한 기품 있는 부인이었다. 끝물호박 선생과 닮았다.

"자, 어서 안으로 드시지요."

"아, 괜찮습니다. 밖에서 잠깐 선생님을 뵙고 가겠습니다."

나는 끝물호박 선생을 현관으로 불러내 자초지종을 말하고 짚이는 데가 있으면 하숙집을 소개해 달라고 도움을 청했다. 그러자 선생은 잠시 뜸을 들이더니 이렇게 말했다.

"거참, 처지가 딱하게 되었군요. 요 안 동네에 노 내외만 사는 하기노 할아버지 댁이 있긴 합니다. 언젠가 빈방을 그냥 놀려 두기도 뭐 하니 확실한 사람이 있으면 소개해 달라고 제게 부탁한 적은 있습니다. 지금도 그 방이 비어 있는지는 모릅니다만 일단 함께 가서 물어보기나 합시다."

친절하게 그 집까지 나를 데려가 주었다.

그날 밤부터 나는 하기노 할아버지 댁에서 하숙을 하게 되었다. 놀라운 건 내가 이카긴네 하숙방을 비우자 다음 날 교대하듯 따리꾼이 태연하게 그 방을 차지했다는 사실이다.

여간 일에는 아랑곳하지 않는 나지만 이번 일만큼은 완전히 학을 떼고 말았다. 세상에는 온통 사기꾼들로 득실거리고 서로 속고 속이며 살아가는지도 모른다. '아, 싫다 싫어.'

세상이 이런 곳이라면, 나 역시 낙오자가 되지 않으려면 마음을 모질게 먹고 세상 사람들처럼 해야만 앞길을 헤쳐 나아갈 수 있다는 얘기가 된다. 소매치기한 것까지 알겨먹어야만 하루 세 끼니의 배를 채울 수 있다고 한다면, 이렇게 숨 쉬며 사는 것도 재고해 볼 문제다. 그렇다고 앞길이 구만리 같은 팔팔한 청춘인데, 목을 매달아서야 조상님을 뵐 면목이 없는 건 물론이거니와 남세스러울 뿐이다. 돌이켜 보니 별 소용도 없는 수학을 배우려고 물리학교 같은 곳에 들어가느니 차라리 그 600엔을 밑천으로 우유보급소라도 차려서 우유배달이나 할 걸 그랬다는 생각마저 들었다. 그랬으면 기요 할멈도 내 곁을 떠나지 않아도 되고, 나도 이 먼 곳에서 할멈의 안녕을 염려하지 않고도 살 수 있었을 것이다. 함께 있을 때는 그런 생각을 하지 못했는데 이렇게 먼 촌구석까지 와서 보니 기요 할멈은 역시 선량한 사람이라는 걸 절실히 깨닫게 되었다. 그토록 마음씨 고운 여자는 전국을 돌아다니며 아무리 수소문해 봐도 좀처럼 찾기 어려울 것이다. 기요 할멈은 내가 이곳으로 떠나올 때 고뿔에 걸려 있었는데 지금은 상태가 좀 어떤지 궁금했다. 지난번에 내가 보낸 편지를 봤다면 틀림없이 기뻐했을 것이다. 그건 그렇고 지금쯤은 그 답장이 올 만도 한데……. 나는 이런 생각에 잠겨 2, 3일을 보냈다.

내내 마음에 걸려 하숙집 할머니에게 혹시 도쿄에서 온 편지가 없느냐고 때때로 물어보았다. 그때마다 아무것도 온 게 없다며 안쓰러운 표정으로 대답했다. 이 댁 내외는 이카긴네와는 달리 원래 무사 집안인 만큼 할아버지와 할머니가 기품이 있었다. 다만 할아버지가 밤만 되면 요상한 목소리로 우타이(謡)*를 읊어 대는 데는 두 손 들었다. 하지만 이카긴처럼 막무가내로 차 한 잔 하자며 찾아오지 않아서 훨씬 편했다. 할머니는 이따금 내 방으로 찾아와 이런저런 얘기를 들려 주기도 했다.

"어째서 각시를 데려와 함께 안 사능기요?"

"아내가 있는 것처럼 보입니까? 애석하게도 이래 봬도

* 일본의 전통 가면극 노(能)의 가사에 가락을 붙여 읊조리는 것을 말한다.

아직 스무네 살인 걸요."

"스무네 살이면 각시가 있고도 남십니더."

이 말을 시작으로 어디 사는 아무개는 스무 살밖에 안 됐는데 장가를 들었다는 둥 어디 사는 아무개는 스물두 살에 벌써 아이를 둘이나 두었다는 둥 하여간 예닐곱 가지나 예를 들어가며 반박을 하는 데는 완전히 질려 버렸다.

"그라모 내도 스무네 살에 각시를 얻을 테니까 어디 참한 처자가 있으모 중매나 좀 서 주이소."

내가 시골 사투리를 흉내 내가며 부탁하자 할머니는 곧이듣고 그게 참말이냐고 했다.

"그럼요. 참말입니다. 저는 색시를 얻고 싶어 아주 환장하겠습니다."

"왜 안 글켔능기요? 젊을 때는 아무나 다 글타 아잉기요?"

이렇게 나오는 바람에 송구스러워서 나는 대꾸를 할 수가 없었다.

"하지만 선생님은 이미 각시가 있는 게 뻔합니더. 내사 마 딱 보고 벌써 눈치를 긁었다 아잉기요."

"우와, 눈치가 보통이 아니시군요. 어떻게 그렇게 대번에 눈치를 긁으신 건가요?"

"어떻게라뇨? 도쿄에서 날라 온 편지가 없냐며 만날 애타게 기다렸다 아잉기요?"

"정말 놀랍군요. 눈치가 8단이신데요."

"그럼 알아맞힌 건기요?"

"글쎄요. 맞힌 건지도 모르겠군요."

"근데 요새 가시나들은 옛날하고 달라갖꼬 방심하다가는 큰일 납니더. 바짝 신경을 쓰는 게 좋을 낍니더."

"왜요? 그럼 제 마누라가 도쿄에서 서방질이라도 할까 봐서요?"

"아, 아입니더. 선상님 각시야 뭐 그럴 리 없겠지만서도……."

"그렇다니 일단 마음이 놓이는군요. 그럼 어디다 신경을 바짝 써야 한다는 건가요?"

"선상님 각시야 확실한 보증 수표라 그럴 리야 없겠지만서도……."

"그럼 어디 부도난 수표라도 있나 보죠?"

"요 근방에도 꽤 많습니데이. 선상님, 혹시 저짝에 사는 도야마 씨 댁 딸내미를 알고 계시능기요?"

"아뇨, 전 모릅니다."

"아직 모르시능기요? 요 근방에서는 제일 얼굴이 반반하게 생겼다 아잉기요. 하도 예쁘장하게 생겨서 학교 선상님들이 이구동성으로 마돈나, 마돈나 하고 부릅니더. 아직 못 들어 봤능기요?"

"아아, 그 마돈나 말인가요? 전 기생 이름인 줄 알았어요."

"아입니더. 코쟁이말로 억수로 이쁜 여자보고 마돈나라꼬 부른다 카대요."

"그런가요? 놀랍군요."

"미술 선상님이 붙인 별명이라 카던대요."

"따리꾼이 붙인 거라고요?"

"아니, 요시카와 선상님이 붙였다 카대요."

"그럼 마돈나가 그 부도난 수표란 말인가요?"

"마돈나가 바로 그 장본인 아잉기요."

"거참, 애물단지로군요. 하기야 예부터 별명이 붙은 여자들치고 제대로 된 사람은 없으니까요. 그럴지도 모르겠군요."

"그 말이 참말로 딱 맞는 말입니더. 사납고 무서운 여자

도둑 오마쓰라든가 남자를 호리는 요염하고 사악한 여자 오햐쿠도 있다 아잉기요?"

"마돈나도 그와 같은 부류에 속한다는 말인가요?"

"선상님, 그 마돈나가요. 선상님을 우리 집에 데불고 온 고가 선상님에게 시집가기로 하고 약혼까지 했다 아잉기요."

"허참, 신기한 일도 다 있군요. 끝물호박 선생이 그런 여복이 있는 남자인 줄 미처 몰랐어요. 겉만 보고 사람을 판단하는 게 아니라더니, 앞으로 좀 더 신중해야겠는데요."

"그런데 지난해 고가 선상님 부친이 세상을 떠났거든요. 그전까지는 그래도 가진 돈도 있고, 은행에 주식도 갖고 있어서 남부럽지 않게 살았어요. 어인 일인지 갑작스레 살림살이가 기울어진 데다 고가 선상님이 무골호인이다 보니 그만 버림받았다 아잉기요. 이래저래 혼사가 미루어지고 있던 참에 교감 선생이 나타나서 꼭 신부로 맞이하고 싶다고 말했다 카대요."

"그 빨간 남방이요? 영 형편없는 놈이로군요. 어쩐지 그 빨간 남방이 보통 남방이 아니다 싶더라니, 그래서 어떻게 됐나요?"

"다른 사람을 시켜 의향을 떠보니, 도야마 씨가 고가 선생과 의리를 저버릴 수도 없는 처지여서, 당장 대답하기는 곤란하니 시간을 두고 생각을 좀 해 보겠다는 정도로 대답을 했다 카대요. 그러자 빨간 남방 선상님이 연줄을 대서 그 댁에 뻔질나게 드나들게 되면서 결국 그 댁 딸내미를 낚아 버렸다 아잉기요. 빨간 남방 선상님도 빨간 남방 선상이지만 따님도 따님이라며 동네 사람들이 좋지 않게 보고 있십니더. 일단 고가 선상님과 약혼까지 해놓고 이제 와서 문학사 선상님이 나타났다고 그쪽으로 고무신을 바꿔 신다니, 그래서야 어디 하느님은커녕 부처님, 천지신명 앞에서 얼굴이나 들 수 있겠능기요?"

"그래서 고가 선상님의 처지가 하도 딱하다 보니, 동료애가 발동한 홋타 선생이 교감 선상님을 찾아갔다고 합디다. 빨간 남방 선상님이 말하기를, 나는 결혼을 약속한 사람을 가로챌 생각은 없다. 다만 파혼이 되면 그때 가서는 몰라도 지금은 도야마 씨 댁과 친분을 맺고 있을 뿐이다. 그러니 특별히 고가 선생에게 미안하게 생각할 일도 아니지 않은가? 이렇게 말을 둘러대자 홋타 선생도 어쩔 수 없이 발길을 돌릴 수밖에 없었다고 카대요. 들리는 소문에 그때부터 빨간 남방과 홋타 선상님 사이에 찬바람이 불기 시작했다고 카대요."

"속속들이 잘도 알고 계시는군요. 어떻게 그리도 세세하게 알고 계십니까? 정말 놀랍군요."

"워낙 땅덩어리가 좁은 곳이라 뉘 댁에 숟가락이 몇 개인지 빠삭하게 다 안다 아잉기요."

지나치게 잘 알아서 탈이었다. 이런 상황이면 튀김 메밀국수와 경단 사건도 알고 있을지도 모른다. 성가신 촌구석이다. 하지만 그 덕분에 마돈나의 의미도 알게 되고 높새바람과 빨간 남방의 껄끄러운 관계도 알았으니 차후 상당히 도움이 될 만한 정보를 얻은 셈이었다. 다만 어느 쪽이 나쁜 사람인지 확실치 않다는 점이 난감할 뿐이었다. 나처럼 단순한 사람은 흑인지 백인지 분명하게 찍어 주지 않으면 어느 쪽의 편을 들어야 좋을지 판단이 서지 않는다.

"할머니, 빨간 남방과 높새바람 둘 중에 누가 좋은 사람입니까?"

"높새바람이 누궁기요?"

"홋타 선생입니다."

"굳세기야 홋타 선생이 더 굳세지만, 빨간 남방 선상님은 문학사 출신이라 능력 면에서는 앞선다 아잉기요? 게다가 상냥하고 자상한 것도 빨간 남방 선상님이 더 낫고요. 하지만 학생들 평판은 홋타 선상님이 더 좋다 카대요."

"결국엔 누가 좋은 사람이란 말입니까?"

"그거야 봉급을 많이 타는 쪽 아니겠능기요?"

이런 식으로 나오면 물어보나 마나 뻔해서 더는 묻지 않았다. 그러고 나서 2, 3일 후 수업을 마치고 하숙집으로 돌아갔더니 하기노 할머니가 생글생글 웃으며 나를 맞이했다.

"아, 기다리고 기다리던 그 소식이 드디어 왔십니더."

편지 한 통을 가져와 찬찬히 읽어 보라며 건네주고 나갔다. 받아 들고 보니 기요 할멈이 보낸 편지였다. 봉투에 부전(付箋)이 두서너 장이나 붙어 있어 자세히 보니까 야마시로야에서 이카긴네로 갔다가 거기서 다시 하기노 댁으로 돌고 돌아온 것이었다. 게다가 누가 여관 아니랄까 봐 그런지 야마시로야에서는 일주일씩이나 묵혔다. 뜯어보니 장문의 편지였다.

도련님 편지를 받고 나서 바로 답장을 써서 보내려고 했는데 하필이면 고뿔에 걸리는 바람에 일주일쯤 드러누워 있다 보니 그만 늦어지고 말았네요. 송구합니다. 게다가 요새 아가씨들처럼 읽고 쓰는 게 능숙하지 못해 글자가 이처럼 괴발개발인 데도 쓰느라 무척 애를 먹었습니다. 조카에게 대신 써 달라고 부탁할까도 생각했지만 모처럼 보내드리는 편지를 몸소 써 보내지 않으면 도련님께 송구할까 봐 특별히 초안을 먼저 잡고 그다음에 다듬어서 옮겨 적었습니다. 다듬어서 옮겨 적는 데는 이틀 걸렸으나 초안을 잡는 데는 나흘이나 걸렸습니다. 읽기 힘들 줄 압니다만, 소생이 정성을 다해 쓴 것이니 만큼 끝까지 읽어 주세요.

이렇게 시작된 편지는 이런저런 이야기로 1.2미터나 되는 편지지에 빽빽하게 채워져 있었다. 말 그대로 읽기가 여간 힘든 게 아니었다. 괴발개발로 쓴 글자도 글자지만, 거의 히라가나로만 쓴 데다 쉼표와 마침표마저 없다 보니 어디서 끊어야 하고 어디서부터 시작해야 하는지 몰라 읽는 데 무진장 애를 먹었다. 나는 성격이 급한 사람인지라 이처럼 길고 판독하기 난해한 편지는 누가 5엔을 줄 테니 대신 좀 읽어달라고 부탁을 해도 거절할 판이었다. 하지만 이때만은 처음부터 끝까지 진지하게 다 읽었다. 읽긴 다 읽었는데 읽는 데 하도 애를 먹어서 사실은 무슨 뜻인지 통 알 수가 없어서 처음부터 다시 읽어 보았다. 방 안이 좀 어두워져서 아까보다 읽기가 불편해 결국 밖으로 나가 툇마루에 걸터앉아 찬찬히 살펴 가며 읽었다. 그러자 초가을 바람이 파초 잎을 흔들며 불어와 맨살에 부딪히고 돌아 나갈 때 읽고 있던 편지를 마당 쪽으로 나부끼게 했다. 1.2미터 남짓 되는 편지지가 팔랑거리는 바람에 손을 놓치기라도 하면 저편 울타리까지 훨훨 날아갈 것만 같았다. 나는 그런 것에 마냥 신경을 쓰고 있을 수만은 없었다.

> 도련님은 대쪽 같은 기질인데다 워낙 불뚝성이라 그게 좀 염려가 됩니다. 다른 사람들에게 함부로 별명 따위를 붙이는 건 그 사람들에게 원망을 사는 씨앗이 될 수 있으니 대놓고 면전에서 마구 부르지 않도록 하세요. 만일 별명을 짓거들랑 편지로 저에게만 알려 주세요. 시골 사람들은 못

됐다고 하니 괜한 봉변을 당하지 않도록 주의하세요. 날씨도 보나 마나 도쿄보다 고르지 않을 테니 고뿔에 걸리지 않도록 이불을 따뜻하게 덮고 주무세요. 도련님의 편지는 너무 짧아서 그쪽 사정을 제대로 알 수가 없으니 다음에는 하다못해 제 편지의 절반 길이 정도는 써서 보내 주세요. 여관에 팁을 5엔을 주는 건 좋지만, 나중에 주머니 사정에 문제가 생기는 건 아닌지 걱정이 되는군요. 시골에 가서 의지할 것이라고는 오로지 돈뿐이니 되도록 근검절약하여 만일의 경우에 지장이 없도록 대비해야 합니다. 용돈이 달려서 난처할까 봐 우편환으로 10엔을 부칩니다. 일전에 도련님이 주고 간 돈 50엔을, 나중에 도련님이 도쿄로 돌아와 집을 장만할 때 보태 드리려고 우체국에 예금해 두었습니다. 이 10엔을 제하고도 아직 40엔 남아 있으니까 괜찮습니다.

여자란 역시 세심한 구석이 있는 존재다.

내가 이렇게 툇마루에 걸터앉아 바람에 팔랑거리는 기요 할멈의 편지를 읽는 데 정신이 팔려 있을 즈음 장지문을 드르륵 열고 하기노 할머니가 저녁상을 차려 왔다.

"하이고 아직도 보고 있능기요? 어지간히 편지가 긴 갑네요?"

"네, 아주 소중한 편지라 눈을 떼지 못하고 바람에 날리며 보고 또 보고 있는 중입니다."

나 자신도 종잡을 수 없는 대답을 하며 밥상머리에 앉았다. 보니까 오늘 저녁도 고구마 조림이 나왔다. 이 댁은 아카긴네 보다 자상하고 친절하고 기품도 있지만 아쉽게도 음식이 영 맛이 없었다. 엊저녁에도 고구마, 그저께도 고구마, 오늘 저녁도 고구마였다. 내가 고구마를 좋아한다는 말을 하긴 했지만, 이런 식으로 내리 고구마만 먹다가는 연명하기가 쉽지 않을 것 같았다. 끝물호박 선생을 비웃기는커녕 머지않아 내가 끝물고구마라는 별명이 붙게 될 판이었다. 기요 할멈이라면 이럴 때 내가 좋아하는 참치회나, 어묵에 간장을 발라 구워서 주겠지만, 빈한한 무사 집안의 구두쇠인지라 어쩔 수가 없었다. 아무리 생각해도 기요 할멈과 함께 지내야지 이러다가 큰일 나겠다 싶었다. 만일 이 학교에 오래 머물게 된다면 기요 할멈을 도쿄에서 이곳으로 불러오든지 무슨 수를 내야 할 것 같았다. 튀김 메밀국수를 사 먹어도 안 되고, 경단을 사 먹어도 안 되고, 하숙집에서 만날 고구마만 먹다가는 얼굴이 누렇게 뜨게 생겼으니 교육자는 괴로운 존재였다. 참선하는 선종의 스님도 나보다는 더 영양가 있는 걸 먹을 것이다. 나는 고구마 한 접시를 후딱 비우고 책상 서랍에서 날달걀 두 개를 꺼내 밥그릇 가장자리에 톡 쳐서 깨 먹고 나서야 겨우 허기진 배를 채웠다. 날달걀로라도 영양을 보충하지 않고서는 일주일에 스물한 시간이나 되는 수업을 감당해 낼 수가 없었다.

오늘은 기요 할멈의 편지를 읽느라 그만 온천장에 갈 시간이 늦어졌다. 하지만 매일 가 버릇하던 것을 하루라도 거르면 기분이 찜찜했다. 기차라도 타고 가려고 앞서 언급한 그 빨간 수건을 들고 기차역에 도착하니, 2, 3분 전에 막 기차가 떠난 뒤라 좀 기다려야만 했다. 역구내의 긴 의자에 앉아 시키시마* 담배를 한 대 피고 있는데 때마침 끝물호박 선생이 다가왔다. 나는 요 전날 하기노 할머니 얘기를 듣고 나서부터

* 당시 일본에서 판매하던 고급 담배 이름이다.

끝물호박 선생이 한층 측은하게 느껴졌다. 평소에도 천지간에 얹혀사는 사람처럼 기를 펴지 못하는 모습을 보면서 한없이 안쓰러웠는데, 오늘 저녁은 그에 비할 정도가 아니었다. 할 수만 있다면 월급을 두 배로 올려 주고 도야마 씨 댁 딸내미와 당장 내일이라도 결혼시켜 한 달쯤 도쿄로 신혼여행이라도 보내주고 싶은 심정이었던 터라 흔쾌히 자리를 양보했다.

"온천장에 가는 길인가 봐요? 자, 이리 앉으세요."

"아니, 전 괜찮습니다."

끝물호박 선생은 송구스러워서 사양하는 건지 뭔지 모호한 표정으로 그냥 서 있었다.

"좀 기다려야 합니다. 피곤하실 텐데 어서 앉으세요."

내가 재차 권해 보았다. 사실은 어떻게 해서든 내 옆에 앉히고 싶을 만큼 측은해서 두고만 볼 수 없었다.

"그럼 실례하겠습니다."

간신히 내 권유를 받아들였다. 세상에는 따리꾼처럼 나서지 말아야 할 곳에 시건방지게 어김없이 얼굴을 내미는 놈도 있는가 하면, 높새바람처럼 본인이 없으면 나랏일이 곤경에 처할 거라는 듯한 상판대기를 어깨 위에 떡하니 올려놓은 놈도 있다. 그런가 하면 빨간 남방처럼 머릿기름이나 반질반질하게 바르고 호색한들의 포주를 자처하는 작자도 있다. 한편 프록코트를 입고 있으면 그게 바로 산 교육이 되는 것처럼 빼기는 너구리도 있다. 제각기 그 나름대로 빼기고 난리들이지만, 이 끝물호박 선생만은 있어도 없는 듯 볼모로 잡혀 온 인형처럼 얌전했다. 비록 얼굴은 부었어도 이렇게 괜찮은 남자를 버리고 빨간 남방에게로 고무신을 바꾸어 신다니, 마돈나도 어지간히 그 속을 알 수 없는 왈가닥이었다. 빨간 남방 따위 수십 명이 떼로 몰려든들 끝물호박 선생만큼 멋진 신랑감을 구하는 건 어림도 없다.

"선생님, 어디 불편한 거 아닙니까? 무척 피곤해 뵈는군요."

"아, 아닙니다. 이렇다 할 지병도 없는 걸요."

"그러시다니 참 다행입니다. 건강을 해치면 사람도 아무짝에도 쓸모가 없게 되니까요."

"선생님은 아주 건강해 뵈는군요."

"예, 전 야위긴 했어도 아픈 데는 없습니다. 질병 따위는 아주 질색이라……."

끝물호박 선생은 내 말 끝에 빙그레 웃었다.

그때 새파랗게 젊은 아가씨의 웃음소리가 들려서 무심코 고개를 돌려 보니 뽀얀 피부와 신식 헤어스타일의 맵시에 늘씬하게 빠진 미녀와 마흔대여섯 정도의 중년 부인이 나타나 매표소 앞에 나란히 서 있었다. 나는 미인을 형용할 줄 모르는 남자라서 뭐라 말할 처지는 아니나 미모가 빼어난 것만은 분명했다. 뭐랄까 향수에 데운 수정 구슬을 손바닥에 지긋이 쥔 듯한 그런 기분이었다. 나이가 든 쪽이 키가 더 작다. 하지만 얼굴 생김새가 많이 닮은 걸 봐서는 모녀지간이 틀림없었다. 두 사람이 나타난 순간부터 나는 젊은 아가씨에게 정신이 팔려 그만 끝물호박 선생이 옆에 있다는 사실조차 까맣게 잊고 있었다. 잠시 후 끝물호박 선생이 벌떡 일어서더니 여자들을 향해 슬슬 걸어가기에, 나는 아차 싶었다. 저 젊은 아가씨가 바로 그 마돈나? 세 사람은 매표소 앞에서 가볍게 인사를 나누었다. 거리가 있어서 무슨 말을 주고받는지는 알 수가 없었다.

역구내의 시계를 보니 5분 후면 기차가 출발할 참이었다. 졸지에 말 상대가 없어지는 바람에 어서 기차가 왔으면 하고 지루하게 기다리고 있는데, 또 한 사람이 헐레벌떡 역구내로 뛰어들어 왔다. 빨간 남방이다. 하늘거리는 기모노 차림에 오글오글한 비단 띠를 느슨하게 허리에 두르고, 여느 때처럼 누런 금줄을 늘어뜨리고 있었다. 저 금줄은 모조품이다. 빨간 남방은 아무도 모를 줄 알고 자랑삼아 늘어뜨리고 다니지만 나는 가짜라는 걸 확실히 알고 있었다. 빨간 남방은 들어서자마자 두리번두리번하더니 매표소 앞에서 이야기를 나누던 세 사람에게 다가가 깍듯하게 인사를 하고 두세 마디 무슨 말을 건네는가 싶더니 돌연 그 고양이 걸음으로 내게 다가왔다.

"이보게, 자네도 온천장 가는 길인가? 난 기차를 놓칠까봐 걱정하며 허겁지겁 뛰어왔더니만 아직 3, 4분이나 남았군. 저 시계 맞는 건지 모르겠어. 2분 정도 차이가 나는군."

빨간 남방은 금딱지 시계를 꺼내 보면서 내 옆자리에 앉았다. 여자들 쪽엔 전혀 눈길도 주지 않고 지팡이 위에 턱을 괴고 줄곧 정면만 바라보고 있었다. 중년 부인은 힐끔힐끔 빨간 남방을 쳐다보기도 하지만 젊은 아가씨는 외면하고 있었다. 마돈나가 틀림없었다.

이윽고 '뿌앙!' 기적을 울리며 기차가 플랫폼으로 들어왔다. 기다리고 있던 승객들이 앞다투어 기차에 올랐다. 빨간 남방이 맨 먼저 특등실에 올라탔다. 특등실에 탄다고 으스댈 것까지는 없다. 스미타 온천까지 특등실 요금이 5전이고 보통실은 3전이다. 차이가 불과 2전이다. 나조차도 2전을 더 내고 흰색 특등실 승차권을 손에 쥐고 있는 것만 봐도 알 수 있다. 하기야 시골 사람들은 쩨쩨해서 단돈 2전을 지출하는 데도 바들바들 떨기 때문에 대부분 보통실을 이용한다. 빨간 남방의 꽁무니를 따라 마돈나와 마돈나 어머니가 특등실에 올라탔다. 끝물호박 선생은 으레 보통실만 타는 남자였다. 끝물호박 선생은 보통실 앞에 서서 주춤거리다 나와 눈이 마주치자마자 얼른 올라타 버렸다. 나는 그때 어쩐지 측은한 생각이 들어 끝물호박 선생 뒤를 따라 잽싸게 보통실에 올랐다. 특등실 표로 보통실을 이용하는 건 문제가 되진 않을 것이다.

온천장에 도착해 3층에서 목욕 가운으로 갈아입고 욕실로 내려갔다. 거기서 또 끝물호박 선생을 만났다. 나는 회의하는 자리 같은 데서는 막상 발언을 하려면 갑자기 말문이 막혀 할 말을 제대로 못한다. 하지만 평소에는 말이 술술 잘 나오는 편이라 탕 안에서 끝물호박 선생에게 이런저런 말을 건네 보았다. 어쩐지 측은해서 그냥 있을 수만은 없었기 때문이다. 이럴 때일수록 끝물호박 선생에게 마음을 달랠 수 있는 위로의 말을 한 마디라도 해 주는 것이 인지상정이자 도쿄 토박이로서 마땅한 의무라고 생각했다. 그런데 아쉽게도 끝물호박 선생은 쉽사리 내 말에 맞장구를 쳐 주지 않았다. 어떤 말을 건네도 '예.'나 '아니요.'로 대답할 뿐이었다. 그마저도 귀찮아 하는 것 같아서 나는 결국 더는 말을 걸지 않고 자리를 떴다.

온천탕에서는 빨간 남방과 마주치진 않았다. 그도 그럴 것이 온천탕이 여러 군데여서 한 기차를 타고 왔다고 해서 반드시 같은 탕에서 만나리라는 법은 없었다. 그다지 이상하게 여기지도 않았다. 온천을 즐기고 밖으로 나와 보니 달이 두둥실 떠 있었다. 거리 양쪽에 늘어선 버드나무 가로수가 길 한복판에 둥근 그림자를 드리우고 있었다. 이참에 산책이라도 할 요량으로 북쪽으로 올라가 마을 어귀로 나가자 왼쪽에 커다란 문이 있고 막다른 곳에 사찰이 있었다. 양옆으로 유곽이 들어서 있었다. 산문 안에 유곽이라니 전대미문의 현상이었다. 잠깐 들어가 보고는 싶었으나 회의 시간에 너구리에게 또 한 소리 들을까 봐 그냥 지나쳤다. 산문 옆에 검정색 포렴을 드리우고 자그마한 격자창을 낸 단층집은 전에 내가 들어가서 경단을 사 먹고 출입 금지를 당한 곳이다. 문 앞에 단팥죽, 떡국이라 적은 둥근 등롱을 매달아 놓았다. 그 등롱의 불빛이 처마 끝과 맞닿은 한 그루의 버드나무 줄기를 비추고 있다. 먹고 싶은 생각에 군침이 돌았지만 참고 지나쳤다.

먹고 싶은 경단을 먹을 수 없다니 정말 비참했다. 하지만 자신의 약혼녀가 다른 남자에게로 고무신을 바꿔 신은 건 더더욱 참담할 것이다. 끝물호박 선생의 딱한 처지를 생각하면 경단 타령은커녕 사흘쯤 식음을 전폐한다고 해도 불평을 토로할 계제가 아니었다. 정말이지 인간만큼 믿지 못할 존재는 이 세상에 없다. 그 얼굴로 봐서는 그런 매정한 짓을 할 것처럼 보이지 않건만……. 미인은 매정하고, 얼굴이 물에 부푼 동아처럼 생긴 고가 선생이 선량한 군자인 것을 보면 방심은 금물이었다. 솔직담백할 줄 알았던 높새바람이 학생들을 선동했다고 하질 않나, 학생들을 선동한 줄 알았더니 교장에게 학생들을 엄벌에 처하도록 촉구하고 나서질 않나, 얄미운 짓만 골라서 하는 빨간 남방은 의외로 내게 친절을 베풀며 은근히 조언을 해 주는 줄 알았는데, 마돈나를 후무렸다고 하질 않나, 후무렸다고 생각했는데 고가 선생과 파혼을 하지 않는 한 마돈나와 결혼은 바라지도 않는다고 하질 않나, 이카긴이 괜한 트집을 잡아 나를 쫓아내나 싶었는데 그 다음 날 바로 따리꾼이 내가 쓰던 방을 차지하질 않나, 아무리 생각해도 뭐가 어떻게 돌아가는지 도무지 종잡을 수가 없었다. 이런 사실을 적어서 기요 할멈에게 보내면 놀라 자빠질 게 뻔했다. 하코네 너머라서 도깨비들이 득실거리는 곳이기 때문에 그렇다고 말했을지도 모른다.

나는 선천적으로 무덤덤한 편이라 그 어떤 일에도 걱정 같은 건 하지 않고 입때껏 헤치고 살아왔다. 하지만 이곳에 온 지 채 한 달이 될까 말까 한 시점에서 졸지에 세상이 뒤숭숭하고 위험천만한 곳이라는 생각이 들기 시작했다. 특별히 이렇다 할 큰 사건과 맞닥뜨린 것도 아닌데 벌써 대여섯 살은 더 들어 버린 것 같았다. 하루바삐 집어치우고 도쿄로 돌아가는 것이 상책이었다. 이 생각 저 생각을 하면서 걷다 보니 어느새 돌다리를 건너 노제리가와 강 둑길에 이르렀다. 강이라고 하니 대단한 것 같지만 실은 채 2미터도 안 되는, 물이 졸졸 흐르는 개천이었다. 둑길을 따라 1.3킬로미터 정도 내려가면 아이오이무라 마을이 나왔다. 그곳에는 관음보살상이 있었다.

뒤를 돌아보니 온천장의 붉은 등불이 달빛 속에서 반짝이고 있었다. 저 장구 소리는 틀림없이 유곽에서 들려오는 것이리라. 깊이는 얕아도 물살이 세서 신경질을 부리는 것처럼 마구 빛나고 있었다. 어슬렁어슬렁 둑길을 한 300미터 조금 넘게 걸었나 싶었을 때 저만치에서 사람의 그림자가 시야에 들어왔다. 달빛에 비친 그림자는 두 개였다. 온천장에 왔다가 마을로 돌아가는 젊은이들이었을지도 모른다. 젊은이들치고는 노래를 흥얼거리지도 않고 의외로 조용했다.

내 발걸음이 빠른 탓인지 점점 거리가 가까워지면서 두 개의 그림자가 차츰 커졌다. 한 명은 여자인 것 같았다. 거리가 한 20미터쯤 좁혀졌을 때 내 발소리를 감지하고 남자가 획 돌아보았다. 달빛은 뒤에서 비추고 있었다. 나는 그때 남자의 모습을 보고 혹시나 하는 생각이 들었다. 두 사람은 다시 가던 길을 그대로 걷기 시작했다. 나는 뭔가 짚이는 구석이 있어서 전속력으로 뒤쫓아 갔다. 앞쪽에서는 아무런 눈치도 채지 못하고 느긋하게 발걸음을 옮기고 있었다. 이제는 말소리도 손에 잡힐 듯 가까이 들렸다. 둑길의 폭은 2미터 정도여서 세 사람이 나란히 걷기에도 빠듯했다. 나는 수월하게 따라잡은 후 남자의 소매를 스치며 두 걸음 앞서다 발뒤꿈치를 빙글 돌려 남자의 얼굴을 들여다보았다. 달빛은 1.5센티미터 길이로 짧게 깎은 내 머리에서 턱까지 정면으로 사정없이 비추었다. 남자가 낮은 목소리로 앗 소리를 내더니 얼른 고개를 돌려 이제 그만 돌아가자며 여자에게 채근하기가 무섭게 온천장 쪽으로 발길을 돌렸다.

빨간 남방은 뻔뻔스럽게도 나를 모른 척할 작정이었을까, 아니면 소심한 나머지 미처 아는 체할 기회를 놓친 것일까? 아무튼 땅덩어리가 좁은 곳이라 난처한 건 나뿐이 아니었다.

8

나는 빨간 남방의 권유로 낚시를 다녀오는 길에서부터 높새바람을 의심하기 시작했다. 근거도 없이 괜한 트집을 잡아 하숙집에서 나가 달라고 했을 때는 뭐 이런 괘씸한 놈이 다 있나 싶었다. 그런데 회의 석상에서는 예상과는 영 딴판으로 당당하게 학생들을 엄하게 처벌해야 한다고 주장했다. 그땐 뭐, 이런 생뚱맞은 놈이 다 있나 싶어 나는 고개를 갸우뚱했다. 높새바람이 끝물호박 선생 편에 서서 빨간 남방과 담판을 벌였다는 사실을 하기노 할머니에게 들었을 때는 의리 있는 그 행동에 감동해서 나는 손뼉을 쳤다. 이런 정황으로 볼 때 나쁜 사람은 높새바람이 아닐 공산이 컸다. 빨간 남방이 심보가 고약한 사람이라 무책임하게 그릇된 의심을 갖도록 그럴싸하게 에둘러 표현해 나를 세뇌하려고 드는 건 아닐까, 하고 의심하던 차에 노제리가와 강 둑길에서 마돈나와 데이트하는 모습을 목격한 것이다. 그때부터 빨간 남방을 엉큼한 자로 낙인찍어 버렸다. 엉큼한지 어떤지는 잘 모르지만 좌우간 선량한 사내가 아닌 건 분명했다. 속 다르고 겉 다른 사내였다. 사람은 대쪽처럼 올곧지 않으면 미덥지 못하다. 올곧은 사람과는 싸움을 해도 기분이 좋다. 하지만 빨간 남방처럼 상냥한 자와 친절한 자, 고상한 자, 호박 곰방대를 자랑스럽게 뽐내는 자는 절대로 방심할 수 없다. 이런 자와는 좀처럼 싸움도 할 수 없다. 싸움판을 벌여 보았자 에코인(回向院) 절*에서 벌이는 씨름판처럼 속이 후련한 그런 싸움은 도저히 불가능하다고 생각했다. 그러고 보니 1전 5리를 받네 마네 하며 언쟁을 벌인 높새바람이 훨씬 인간다웠다. 회의 시간에 옴팡눈을 부라리며 노려봤을 때는 밉살머리스러운 놈이라고 생각했다. 나중에 생각해 보니 그것 역시 빨간 남방의 치근치근하고 간살스런 그 목소리보다 한결 나았다. 실은 회의가 끝나고 나서 웬만하면 화해할 생각으로 높새바람에게 한두 마디 건네 보았다. 하지만 그 멋대가리 없는 자식은 입에다 지퍼를 채우고 여전히 눈을 부라리며 쳐다만 보

* 현재 도쿄 구로타(黒田) 구에 있는 정토종(淨土宗)의 절. 불상을 건립하거나 절의 복원을 명목으로 기부금 모금을 위해서 에도 시대부터 경내에서 베푼 스모 대회로, 오늘날 일본 스모의 기원이 되었다.

기에, 나도 부아가 나서 안면몰수하고 말았다.

그때부터 나와 높새바람은 일절 말을 하지 않았다. 돌려준 돈 1전 5리는 온통 먼지를 뒤집어쓴 채 책상 위에 그대로 놓여 있다. 물론 내가 먼저 그 돈에 손을 댈 수도 없었다. 높새바람도 절대로 가져갈 생각을 하지 않고 있었다. 이 1전 5리가 두 사람 사이를 가로막은 장벽이 되어서 나는 말을 걸고 싶어도 할 수 없었다. 높새바람은 여전히 입을 꾹 다물고 있었다. 결국 우리 둘 사이에는 그놈의 1전 5리가 화근이 되고 말았다. 나중에는 학교에 가서 그 1전 5리를 보는 것 자체가 고통스러웠다.

높새바람과 내가 절교 상태인 반면에 빨간 남방과는 변함없이 이전처럼 관계를 유지하며 서로 말을 주고받고 있다. 노제리가와 강 둑길에서 맞닥뜨린 다음날에는 맨 먼저 내 곁에 다가와 시시콜콜 말을 걸었다.

"자네, 이번에 옮긴 하숙집은 좀 어떤가? 언제 또 함께 러시아 문학을 낚으러 가지 않겠는가?"

얄밉다는 생각이 들었다.

"엊저녁엔 두 번이나 뵈었죠?"

"아, 그 기차역에서 말인가? 자넨 항상 그맘때 온천장에 가나 봐? 좀 늦은 시간 아닌가?"

"노제리가와 강 둑길에서도 뵈었잖아요?"

내가 한 방 먹였다.

"아, 아니 그게 무슨 소린가. 난 그쪽엔 가지도 않았어. 온천만 하고 곧장 집으로 돌아왔는 걸."

맞닥뜨린 건 기정사실이었다. 굳이 그렇게까지 발뺌을 하지 않아도 될 텐데. 거짓말을 입에 달고 사는 사내였다. 그러고도 중학교 교감 노릇을 할 수 있는 거라면 나는 대학교 총장감이다. 이때부터 나는 빨간 남방을 더더욱 신뢰하지 않게 되었다. 미덥지 않은 빨간 남방과는 대화를 나누고, 감동을 받은 높새바람과는 철천지원수처럼 대화가 단절된 상태였다. 그야말로 세상은 알다가도 모를 일이다.

하루는 빨간 남방이 내게 할 얘기가 있다며 집으로 좀 와 달라고 했다. 그래서 못내 아쉽기는 했지만 온천에 가는 걸 하루 거르기로 하고 오후 4시쯤 집을 나섰다. 빨간 남방은 미혼이지만, 교감인 만큼 일찌감치 하숙 신세를 청산하고 다달이 집세를 9엔 50전을 내고 근사한 현관이 딸린 집에서 살고 있었다. 시골에 와서 달마다 9엔 50전을 내고 이렇게 근사한 집에서 살 수 있다면 나도 한번 큰맘 먹고 도쿄에서 기요 할멈을 불러와 기쁘게 해 주고 싶을 정도로 현관이 멋진 집이다.

"계십니까?"

잠시 후 빨간 남방의 남동생이 현관으로 나왔다. 이 동생은 학교에서 내게 대수와 기초수학을 배우는데 지지리 공부를 못하는 녀석이다. 그런 주제에 외지에서 굴러들어 온 녀석이라 이런 시골에서 나고 자란 아이들보다 영 버르장머리가 없었다.

빨간 남방을 만나 용건을 물어보았다. 그러자 이 양반은 그 호박 곰방대를 꼬나물고 눈내 나는 담배 연기를 뿜어 대며 한다는 소리가 이랬다.

"자네가 오고 나서 전임자 때보다 학생들 성적이 쑥쑥 올라가서 교장 선생님께서도 좋은 인재를 얻었다며 매우 흡족해 하고 계신다네. 아무튼 학교에서도 자네를 신뢰하고 있으니까 그렇게 알고 충실하게 수업에 임해 주게."

"하, 그렇습니까? 아무리 해도 지금보다 더 충실히 임하는 건 좀 어렵겠습니다만……."

"지금 정도로도 충분하네. 다만 요전에 내가 한 그 말만 명심하면 되네."

"하숙집 따위 주선해 주는 그런 사람은 위험하다고 한 것 말입니까?"

"그렇게 대놓고 말하면 내가 한 말의 취지가 무색해지고 말지만, 아무튼 좋아. 내 말의 참뜻은 자네도 충분히 알아들었을 테니까. 그리고 자네가 지금처럼 성심성의껏 수업에 임해 준다면 학교 측에서도 눈여겨보고 있으니 이제 곧 형편이 닿으면 좌우간 대우 문제도 좀 나아질 걸세."

"제 월급 말입니까? 월급 따위야 아무래도 상관없습니다만, 형편이 닿아서 올려 주시는 거라면 저야 마다할 이유가 없지요."

"다행히 이번에 전근을 가는 선생이 한 명 생겨서……. 물론 교장 선생님과 상의해 보지 않고서는 장담할 수 없지만, 그 월급에서 조금 융통할 수 있을지도 몰라. 그래서 내가 교장 선생님께 말씀 드릴 생각이야."

"대단히 고맙습니다. 그런데 전근을 가는 선생이 누굽니까?"

"이제 곧 발표를 할 테니 밝혀도 무관하겠지. 실은 고가 선생이야."

"하지만 고가 선생은 이 고장 사람 아닙니까?"

"그렇긴 하지만 사정이 좀 있어서……. 반은 당사자의 희망에 따른 거라네."

"어디로 갑니까?"

"휴가의 노베오카라는 곳이야. 지역이 지역인 만큼 한 호봉 더 올려 받고 가기로 했어."

"후임자로 누가 옵니까?"

"후임으로 올 선생도 이미 결정된 상태야. 자네 대우 문제도 그 후임자의 형편에 달렸다네."

"그런가요? 하지만 무리하면서까지 올려 주지 않아도 전 괜찮습니다."

"아무튼 난 교장 선생님께 품의를 올릴 생각이야. 내 의견에 흔쾌히 동의하실 거야. 그렇게 되면 자네에게 앞으로 더 분발해 달라고 할지도 모르니까, 좌우간 그렇게 알고 지금부터 그런 각오로 임해 주길 바라네."

"지금보다 수업 시간도 늘어납니까?"

"아니, 수업 시간은 지금보다 더 줄어들지도 몰라."

"수업 시간도 줄어드는데 더 충실히 임하라는 건 좀 이상하지 않습니까?"

"언뜻 들으면 궤변처럼 들릴지도 모르지. 하지만 지금은 터놓고 말할 단계가 아니긴 한데, 뭐 굳이 말하자면 자네에게 더 중대한 책무를 맡기게 될지도 모른다는 뜻일세."

나는 도통 뭐가 뭔지 알 수가 없었다. 지금보다 더 중대한 책무라면 수학 주임을 지칭하는 것일 텐데, 당시 수학 주임은 높새바람이었다. 이 화상은 사직할 기미가 전혀 보이지 않았다. 게다가 재학생들에게 가장 신망이 두터운 선생이라 전근이나 면직 따위는 학교로서도 득이 될 리가 없었다. 빨간 남방의 이야기는 언제나 요령부득이었다. 말의 요지를 정확히 이해하지 못한 채 용건은 이것으로 끝났다. 그러고 나서 잠시 잡담을 나누었다. 빨간 남방은 끝물호박 선생 송별회에 관한 얘기를 하면서 나더러 주량은 어떻게 되느냐는 둥 끝물호박 선생은 군자이며 경애해야 할 인물이라는 둥 미주알고주알 늘어놓았다. 나중에는 화제를 돌려서 내게 물었다.

"자네, 하이쿠는 좀 지을 줄 아는가?"

이러다가는 꼬박 밤을 새겠다 싶어서 나는 얼렁뚱땅 대답하고 서둘러 집으로 돌아와 버렸다.

"하이쿠는 지을 줄 모릅니다. 안녕히 계십시오."

하이쿠는 마쓰오바쇼*라든가 이발소 주인장들이나 짓는 것이다. 나처럼 수학을 가르치는 선생이 나팔꽃, 두레박 타령이나 해서야 어디 되겠는가.**

집에 돌아와서 곰곰이 생각해 보니 '세상에는 그 속을 알 수 없는 참 별난 사내도 다 있구나.' 하는 생각이 들었다. 집은 물론이거니와 일할 수 있는 학교에다 뭐 하나 모자랄 게 없는 멀쩡한 고향이 싫어졌다고 낯선 타관으로 고생을 사서 하러 떠나다니, 그것도 전차가 오가는 번화한 도시라면 또 모를까 휴가의 노베오카라니 이게 웬 뚱딴지 같은 소리란 말인가. 나는 배편이 닿기에 비교적 편리한 이곳에 와서조차 채 한 달이 되기도 전에 벌써 도쿄로 돌아가고 싶어졌는데 말이다. 노베오카는 그야말로 첩첩산중이었다. 빨간 남방의 말로는 배를

* 하이쿠의 대가로 유명한 마쓰오 바쇼(松尾芭蕉, 1644~1694)를 말한다.

** 가가노 지요조(加賀の千代女,1703~1775)의 하이쿠를 인용한 표현이다.

타고 가서 뭍에 내린 후 꼬박 하루 마차를 타고 미야자키로 간 다음에 또 거기서 하루 내내 인력거를 타고 가야만 당도할 수 있는 곳이란다. 그 이름만 들어도 개화가 덜 된 곳 같다. 원숭이와 인간이 반반씩 뒤섞여 살고 있을 것만 같았다. 아무리 끝물호박 선생이 성인군자라지만 자진해서 원숭이들을 상대하러 가고 싶지는 않을 텐데, 뭐, 이런 괴짜가 다 있단 말인가.

그러고 있는데 평소처럼 하기노 할머니가 저녁상을 들고 나타났다.

“오늘 또 고구마입니까?”

“아입니더, 오늘은 두붑니더.”

두부나 고구마나 도긴개긴이다.

“할머니, 고가 선생이 휴가로 전근을 간다는군요.”

“참말로 딱해 죽겠다 아잉기요.”

“딱하다니요. 자진해서 가는 거면 어쩔 수 없는 일이잖아요.”

“자진해서 가다니 누가 그런 소리 하덩기요?”

“누가 그런 소리 하덩기요라뇨? 그거야 본인이지요. 고가 선생이 별난 호기심이 발동해 자진해서 가는 거 아닙니까?”

"하이고 선상님도 참말로 귀신 씻나락 까먹는 그런 소리 하지도 마이소."

"귀신 씻나락 까먹는 소리라뇨? 하지만 조금 전에 빨간 남방이 그렇게 말하던데요. 내 말이 귀신 씻나락 까먹는 소리면 빨간 남방은 거짓말쟁이에 개소릴 지껄인 거로군요."

"교감 선상님 처지에서야 그렇게 말하는 게 지당하겠지만, 고가 선상님이 노베오카로 가고 싶지 않다는 말도 지당하다 아잉기요."

"그렇다면 양쪽 다 지당하다는 말이로군요. 할머니는 공정해서 좋겠습니다. 도대체 내막이 어떻게 된 겁니까?"

"오늘 아침나절에 고가 선상님 어무이가 우리 집에 와가 그간의 속사정을 내한테 다 털어놓고 갔다 아잉기요."

"그 속사정이 대체 어떤 건데요?"

"그 댁도 아부지가 세상 베리뿌고 나서 우리가 생각한 만치 살림살이가 쪼들리다 보이, 어무이가 교장 선상님을 찾아가서 아들이 학교에 근무한 지 벌써 4년이나 되고 했으니 월급을 쪼매 올려 주십사 하고 부탁했다 카대요."

"아, 그렇게 된 거로군요."

"교장 선상님이 잘 생각해 보겠다고 했다 카대요. 그래가 어무이도 안심하고 이제 곧 월급이 오른다는 기별이 오겠지. 이번 달일까 다음 달일까 하고 목을 빼고 기다리던 차에 교장 선상님이 고가 선상에게 좀 보자고 해 가지고 갔더니, 딱하지만 학교 형편이 여의치 않아서 월급 인상은 어렵다고 했다 카대요. 그런데 노베오카라면 달마다 5엔을 더 받을 수 있다 해가 바라는 대로 마침 잘 됐다 싶어가 절차를 밟아 두었으니 그래 알고 그기로 가는 게 좋겠다 했다 카대요."

"그건 의논이 아니라 명령 아닙니까?"

"그러게 말입니더. 고가 선상은 월급을 더 받고 타관에 가는 것보다 집도 있고 어무이도 계시고 하니, 월급을 원래대로 받더라도 그대로 남고 싶다 애원했다 카는데도 이미 절차를 밟아둬가 고가 선상 대신 올 사람도 다 결정이 돼가 어쩔 수 없다 말하더랍니더."

"저런, 사람을 완전히 가지고 놀아도 유분수지. 정말로 우습지도 않군요. 그럼 고가 선생님은 노베오카로 갈 의향이 전혀 없군요. 어쩐지 좀 이상하다 싶더라니. 5엔을 더 올려 받자고 원숭이들을 상대하러 그런 두메산골로 갈 벽창호는 없을 테니까요."

"벽창호는 선상님 같은 분 아잉기요?"

"좋을 대로 생각하세요. 순전히 빨간 남방이 꾸민 엉큼한 수작이로군. 몹쓸 짓거리군요. 그렇게 해 놓고 내 월급을 올려 주겠다니 세상에 이런 고약한 일이 어디 있단 말인가. 누가 올려 받나 봐라."

"선상님 월급은 오르능기요?"

"올려 주겠다고 하는데 거절하려구요."

"와 거절할라꼬 카능기요?"

"아무튼 거절할 겁니다. 할머니, 빨간 남방 그 인간은 천치라니까요. 야비하게 말이야."

"야비해도 선상님, 어쨌거나 월급을 올려 준다 카모 고분고분 받아 두는 게 손해를 안 보는 일 아잉기요. 젊을 때는 불뚝성을 내기 십상이지만서도, 나이가 든 후에 돌이켜보믄 그때 좀 참을 걸, 홧김에 괜히 손해를 봤다며 후회하게 된다 아잉기요. 그라이까네 이 할망구 말을 단디 새겨듣고 빨간 남방이 월급을 올려 준다 카거들랑 고맙습니다, 하고 얼른 받아 두이소 고마."

"노인네 주제에 쓸데없는 참견 좀 그만하세요. 내 월급이니 오르든 깎이든 내가 알아서 할 거예요."

그러자 할머니는 할 말을 잃고 물러갔다. 할아버지는 태평스럽게 우타이를 읊고 있었다. 우타이는 그냥 읽기만 해도 충분히 알 수 있을 텐데, 거기다 어려운 가락을 붙여서 부러 알아듣지도 못하게 기교를 부리는 것이리라. 매일 밤 질리지도 않고 저렇게 우타이를 읊어 대는 할아버지의 속을 알 수가 없었다. 지금 우타이 타령이나 하고 있을 판국이 아니었다. 별로 바라지도 않았지만 여분의 돈으로 월급을 올려 주겠다는데 마다하기도 그렇고 해서 고맙게 받아들였다. 그런데 전근을 가고 싶지도 않은 사람을 억지로 전근 보내고, 그 사내의 월급에서 일부를 가로채는 그런 매정한 짓을 어떻게 할 수 있단 말인가. 본인이 그냥 남게 해달라고 애원을 하는데도 노베오카 촌구석까지 내몰았다니 대체 무슨 영문이란 말인가. 반역죄로 내몰린 스가와라 미치자네*도 규슈 하카타

* 스가와라 미치자네(菅原道眞, 845~903), 정적인 후지와라 도키히라(藤原時平)의 중상모략으로 901년 규슈의 임시직 관리로 좌천되어 중앙에서 쫓겨났다.

근방에 정착했고, 살인죄를 범한 가와이 마타고로* 역시 구마모토 사가라에 정착한 예가 있지 않은가. 아무튼 빨간 남방을 찾아가서 거절하고 오지 않고서는 도저히 직성이 풀릴 것 같지가 않았다.

나는 고쿠라(小倉) 특산 면직물로 만든 하카마를 입고 집을 나섰다. 큼지막한 현관 앞에 서서 "계십니까?" 하고 부르자 아까처럼 그 동생이 나왔다. 나를 보더니 왜 또 왔나 하는 눈치였다. 용건이 있으면 두 번이고 세 번이고 올 수도 있다. 한밤중에 문을 두드려 깨우지 말라는 법도 없다. 교감 댁에 문안 인사나 여쭈러 온 그런 사람으로 착각하지 마라. 이래 봬도 올려 주겠다는 월급을 거절하러 왔다. 동생이 지금 집에 손님이 와 계시다고 했다. 그럼 현관에서라도 괜찮으니까 잠깐 뵙고 싶다고 하자 다시 안으로 들어갔다. 신발을 보니 통나무에 다다미용 골풀을 붙여 만든 얄팍한 고마게타**

* 가와이 마타고로(河合又五郎,1611~1634)는 오카야마(岡山) 한시(藩士)로, 동료 와타나베 겐다유(渡辺源太夫)를 죽이고 도망 다니다 그의 형 와타나베 가즈마(渡辺数馬)에게 잡혀 사가라(相良)에서 살해당했다.

** 통나무로 깎아 만든 굽이 없는 나막신을 말한다.

였다. "이제는 만사형통입니다." 하는 소리가 안에서 흘러나왔다. 손님이 따리꾼이라는 걸 알았다. 따리꾼이 아니고서야 저런 새된 목소리에 기생오라비나 신을 법한 저런 나막신을 신을 사람은 없었다.

잠시 후 빨간 남방이 남포등을 들고 현관 밖으로 나왔다.

"어서 안으로 들게. 다른 사람도 아니고 요시카와 선생일세."

"아니, 괜찮습니다. 여기서 잠깐 말씀 드리고 가겠습니다."

빨간 남방의 얼굴을 보니 홍당무와 방불했다. 따리꾼과 한잔하고 있는 모양이었다.

"아까 제게 월급을 올려 주겠다고 말씀하셨는데, 생각이 좀 바뀌어서 사양하러 왔습니다."

빨간 남방은 남포등을 내밀며 내 얼굴을 물끄러미 바라보았다. 순간적으로 말문이 막혔는지 멍하니 서 있기만 했다. 세상에 월급을 올려 주겠다는데도 그걸 마다하는 뭐 이런 별난 종자가 다 있나 싶어 어안이 벙벙했는지, 설령 사양하더라도 돌아간 지도 얼마 되지도 않아 다시 찾아올 것까지야 없지 않은가 싶은 생각에 기가 막혔는지, 아니면 둘 다인지 좌우간 묘한 입 모양을 하고 우두커니 서 있기만 했다.

"아까 제가 월급을 올려 주겠다고 하셨을 때 고맙다고 한 것은 고가 선생이 원해서 전근을 간다고 말씀하셔서……."

"고가 선생은 순전히 본인이 희망해서 전근을 가는 걸세."

"그렇지가 않습니다. 여기에 그대로 있고 싶어 합니다. 월급을 그대로 받더라도 고향에 남기를 원합니다."

"고가 선생이 자네에게 그렇게 말하던가?"

"본인에게 직접 들은 건 아닙니다."

"그럼 누가 그런 소릴 하던가?"

"하숙집 할머니가요. 오늘 아침에 고가 선생의 어머니에게 들은 얘기를 조금 전에 제게 해 준 겁니다."

"그럼 하숙집 할머니에게 들은 게로군."

"뭐, 그런 셈이지요."

"미안하지만, 그건 얘기가 좀 다르다네. 자네 말대로라면 하숙집 할머니 말은 곧이듣고 교감인 내 말은 곧이 안 들린다는 뜻으로 들리는구먼. 그렇게 해석해도 무방한가?"

순간 나는 좀 난감했다. 문학사라는 존재는 역시 말발이 보통이 아니었다. 묘하게 말꼬리를 잡고 찰거머리처럼 물고 늘어졌다. "너는 하도 덜렁대서 글러 먹었다, 글러 먹었다." 라는 말을 아버지에게 자주 들었다. 그러고 보니 내가 좀 덜렁대기는 하나 보다. 할머니 말만 듣고 아차 싶어 그길로 뛰쳐나왔지 사실은 끝물호박이나 모친을 만나서 자세한 사정을 물어보지 않았다. 그러다 보니 문학사 나부랭이의 말발로 치고 나오면 그에 맞설 재간이 없었다.

정면으로 맞서기는 어렵지만 나는 이미 마음속으로 빨간 남방에게 불신임을 선고했다. 하숙집 할머니는 구두쇠에다 욕심꾸러기인 것만은 분명하나 허무맹랑한 소리를 할 여자는 아니었다. 빨간 남방처럼 속 다르고 겉 다르지 않았다. 나는 이렇게 대답할 수밖에 없었다.

"교감 선생님 말씀이 사실일지는 모릅니다만 아무튼 저는 월급 인상은 사양하겠습니다."

"그 말엔 어폐가 있군. 자네가 월급을 올려 받기에 부적절한 이유를 찾았기 때문에 이렇게 날 다시 찾아온 것 아닌가? 내 설명으로 그 이유가 사라졌는데도 월급 인상을 마다하는 건 좀 납득하기 어렵군그래."

"납득하시기 어려울지도 모르겠습니다만, 아무튼 전 사양하겠습니다."

"정 그렇다면야 강요하면서까지 받아들이라고 하진 않겠네만, 뚜렷한 이유도 없이 두서너 시간 사이에 그렇게 태도가 돌변하면 앞으로 자네 신용도에도 문제가 될 거야."

"신용 따위 문제가 되어도 상관없습니다."

"그렇지만은 않다네. 사람에게 신용만큼이나 중요한 건 없으니까. 설령 그렇다 해도 지금 한발 물러나 하숙집 할아버지가……."

"할아버지가 아니라 하숙집 할머니입니다."

"누구든 그야 상관없네. 하숙집 할머니가 자네에게 한 말이 사실이라손 치더라도 고가 선생의 월급을 깎아서 자네에게 월급을 올려 주겠다는 말은 아니지 않은가. 고가 선생은 노베오카로 떠나게 되고 그 후임이 온다네. 그 후임자가 고가 선생보다 월급을 약간 덜 받고 오기 때문에 그 잉여분에서 자네에게 혜택이 돌아가는 거니까 자네는 아무에게도 미안해 할 필요도 없어. 고가 선생은 지금보다 한 호봉 더 받고 노베오카로 가게 되고, 새로 부임하는 선생은 처음부터 월급을 낮게 받고 오기로 약속을 한 거야. 그래서 자네 월급이 오른다면 이보다 더 좋은 일은 없을 것 같은데. 그래도 싫다면 어쩔 수 없지만 말이야. 집에 돌아가서 다시 한번 잘 생각해 보지 않겠는가?"

나는 머리가 썩 좋은 편이 아니라서 보통 때 같으면 상대방이 이런 식으로 말을 교묘하게 늘어놓으면 '아, 그래. 그 말이 옳아. 그러고 보니 내 생각이 짧았네.' 하고 슬그머니 꼬리를 내렸겠지만, 이날 밤만큼은 그럴 상황이 아니었다. 처음 이곳에 왔을 때부터 어쩐지 빨간 남방은 주는 것 없이 얄미웠다. 한때는 친절한 여자 같은 남자로 생각을 고쳐먹은 적도 있지만, 그게 친절도 아무것도 아니라는 걸 깨닫고 나서부터는 오히려 더욱 정나미가 떨어져 이젠 그 꼴도 보기 싫었다. 그러다 보니 그 양반이 아무리 내 앞에서 논리를 펴며 설득하려 들어도, 교감의 권위를 앞세워 나를 윽박지르려 해도 그런 것에 야코죽을 내가 아니었다. 논리정연하게 공세를 취하는 쪽을 선인이라 단정할 수 없다. 수세에 몰린 쪽을 악인이라 단정할 수도 없다. 표면상으로는 빨간 남방의 말이 아주 그럴싸했지만, 아무리 겉으로 훌륭하다 한들 마음속까지 이끌리게 할 수는 없었다. 금전과 권력, 이치만으로 인간의 마음을 살 수 있다면 고리대금업자와 경찰, 대학교수의 신분을 지닌 자들이 대중들에게 가장 호감을 사는 대상이 돼야 할 것이다. 중학교 교감 정도의 논법으로 어떻게 내 마음을 움직이게 할 수 있단 말인가. 사람은 모름지기 옳고 그름에 따라 행동하기 마련이다. 알량한 논법으로 행동을 좌우할 수는 없는 법이다.

"교감 선생님 말씀은 지당합니다만, 저는 월급을 올려 받는 것 자체가 싫어졌기 때문에 아무튼 사양하겠습니다. 다시 생각해 보나 마나 마찬가지입니다. 안녕히 계십시오."

나는 이런 말을 남기고 현관문을 나섰다. 머리 위에는 한 줄기 은하수가 흐르고 있었다.

9

끝물호박 선생의 송별회가 예정된 날 아침, 학교에 갔더니 높새바람이 내게 뜬금없이 장황하게 사과했다.

“이보게, 지난번에 아카긴이 찾아와서 자네가 영 버릇없이 굴어 난처하니 제발 나가도록 얘기해 달라고 부탁을 하기에, 나는 그걸 곧이듣고 자네에게 방을 비워 달라고 말한 거야. 그런데 나중에 알고 보니 그자가 영 형편없는 놈이더군. 가짜 서화에 위조 낙관을 찍어서 강매한다는 소문이 나도는 걸로 봐서는 자네 일도 순 엉터리가 틀림없어. 자네에게 족자와 골동품을 강매해 잇속을 챙길 속셈이었는데, 자네가 거들떠보지도 않아 벌이가 신통치 않자 그런 애먼 소리를 지어내 나를 속인 거야. 나는 그런 인간인 줄도 모르고 자네에게 크나큰 실례를 범하고 말았네. 날 용서해 주게나.”

나는 아무 대답도 하지 않고 높새바람 책상 위에 있던 1전 5리를 집어서 내 두꺼비 지갑에 넣었다.

“자네, 그걸 도로 챙겨 넣는 건가?”

높새바람이 의아한 표정으로 말했다.

"응, 난 자네에게 얻어먹는 게 싫어서 꼭 갚아 주려고 했는데, 곰곰이 생각해보니 역시 얻어먹어도 무방하다는 생각이 들어서 챙겨 넣은 거야."

"하하하하 왜 그럼 진작 챙겨 가지 않았는가?"

높새바람이 파안대소하며 말했다.

"사실은 일찌감치 챙겨 넣으려고 했는데, 어쩐지 어색해서 그대로 놔둔 거야. 요즘 학교에 와서 이 1전 5리를 쳐다보는 게 괴로울 정도로 싫었거든."

"자네도 어지간히 지고는 못 사는 성격이로군."

"자네야말로 여간 고집불통이 아니더군."

그러고 나서 우리 사이에 이런 말이 오갔다.

"자넨 대체 고향이 어딘가?"

"난 도쿄 본토박이야."

"도쿄 깍쟁이? 그러면 그렇지, 어지간히도 지고는 못 산다 했더니만"

"자넨 어딘가?"

"난 아이즈야."

"아이즈내기로군. 어쩐지 고집불통이다 했어. 오늘 저녁 송별회엔 갈 건가?"

"암, 가고 말고, 자넨?"

"물론 나도 가야지. 고가 선생이 떠나는 날엔 배 타는 데까지 전송하러 나갈 생각까지 하고 있는 걸."

"가서 한번 보게. 송별회 정말 가관일 걸세. 난 오늘 진탕 퍼마실 생각이야."

"퍼마시든 말든 맘대로 하게. 나는 안주나 몇 점 집어 먹고 바로 돌아올 생각이야. 술 따위 마시는 놈들은 바보야."

"자넨 금세 싸움을 걸려고 드는군그래. 도쿄 토박이의 전형적 경박스러움이 금방 표가 난다니까."

"맘대로 생각해. 송별회에 가기 전에 할 말이 좀 있으니까 잠시 우리 하숙집에 들러 주게."

높새바람은 약속대로 우리 하숙집에 들렀다. 나는 요전부터 끝물호박 선생의 얼굴을 볼 때마다 딱해서 그냥 두고만 볼 수 없었는데, 막상 오늘 송별회를 한다니까 어쩐지 측은하기 짝이 없어서 할 수만 있다면 내가 대신 노베오카로 가

주고 싶은 심정이었다. 그래서 송별회 석상에서 한바탕 연설을 해서라도 떠나는 길을 성대하게 해 주고 싶었다. 그런데 드세고 투박한 내 도쿄 말투로는 도저히 생각대로 될 것 같지가 않았다. 그래서 목소리가 대찬 높새바람을 대신 내세워 빨간 남방의 간담을 서늘하게 해줄 요량으로 일부러 높새바람을 불렀다.

나는 먼저 마돈나 사건을 시작으로 말을 꺼냈다. 물론 마돈나 사건은 높새바람이 나보다 더 자세하게 알고 있었다. 내가 노제리가와 강 둑길에서 맞닥뜨린 이야기를 하면서 "그 인간은 바보 같은 놈이야!" 하고 흥분하자 높새바람이 이렇게 주장하고 나섰다.

"자넨 아무에게나 바보라고 불러 대는군. 오늘 학교에서 나더러 바보라고 하지 않았는가? 내가 바보면 빨간 남방은 바보가 아니야. 난 빨간 남방과 한 부류가 아니란 말일세."

"그렇다면 빨간 남방은 쓸개 빠진 얼간이야."

"그럴지도 모르지."

높새바람은 내 말에 전적으로 찬성했다. 높새바람은 강하긴 강하지만, 이런 단어 구사력 면에서는 나보다 훨씬 달렸다. 고집불통 아이즈내기들은 다 그런 모양인가 보다.

그다음에는 월급 이상 사건과 앞으로 내게 중책을 맡기게 될 것이라고 빨간 남방이 한 말을 전하자 높새바람은 '흥!' 하고 코웃음을 쳤다.

"그렇다면 나를 면직하겠다는 소리로군."

"면직하면 자넨 그냥 당하고만 있을 건가?"

"내가 가만히 당하고만 있을 것 같아? 나를 면직하면 빨간 남방도 동시에 면직하게 해 주고 말 거야."

높새바람은 큰소리쳤다.

"어떻게 동시에 면직하게 할 생각인가?"

"거기까지는 미처 생각해 보지 않았어."

역시 높새바람은 강해 보이지만, 지혜는 좀 달리는 것 같았다. 내가 월급 인상을 사양했다고 하자 높새바람은 반색하며 "도쿄 토박이라 뭐가 달라도 다르다."며 칭찬을 아끼지 않았다.

"끝물호박 선생이 전근 가기를 그렇게 싫어하면 왜 유임운동이라도 해 주지 않았나?"

"그 얘기를 끝물호박에게 들었을 때는 이미 결정이 다

나 버린 상태였어. 교장에게 두 번 빨간 남방에게 한 번 찾아가서 강력히 호소했는데도 별 소용도 없더군. 게다가 고가 선생은 사람이 지나치게 호인인 게 탈이야. 빨간 남방이 그런 말을 먼저 꺼냈을 때 단호하게 거절을 하든지 아니면 일단 생각해 보겠다며 우선 피하고 볼 일이지. 그놈의 감언이설에 넘어가 그 자리에서 승낙을 해 버리는 바람에 뒤늦게 모친이 찾아가 울며 통사정을 해도, 내가 가서 딱한 처지를 호소를 해 봐도 별로 도움이 되지 못했어."

"이번 사건은 순전히 빨간 남방이 끝물호박 선생을 먼 곳으로 보내 버리고 마돈나를 손아귀에 넣으려고 꾸민 개수작인 게야."

"물론 그거야 뻔할 뻔 자지. 양의 탈을 뒤집어쓰고 악행을 일삼다가 남들이 이의를 제기하면 빠져나갈 구멍을 미리 만들어 놓고 미꾸라지처럼 요리조리 빠져나가니 여간 간교한 놈이 아니야. 그런 놈은 따끔하게 이 주먹맛을 봐야 정신을 차리지."

높새바람이 팔을 걷어붙이고 울퉁불퉁한 알통을 보여 주며 말했다.

"자네 그 팔 근육이 보통이 아닌데 유도라도 하는가?"

그러자 높새바람은 주먹을 불끈 쥐고 힘을 주며 위팔에 알통을 만들어 나더러 한번 만져 보라고 했다. 손끝으로 눌러 보니 대중목욕탕에 있는 속돌처럼 단단했다. 나는 감탄한 나머지 이렇게 말했다.

"이봐, 그 정도 팔이면 빨간 남방 따위 대여섯 명쯤이야 한꺼번에 나가떨어지겠는데."

"그걸 말이라고 해."

높새바람이 팔을 굽혔다 폈다 하자 알통이 이리저리 꿈틀댔다. 나는 카타르시스를 맛보았다.

"종이 노끈 두 가닥을 꼬아서 알통이 나오는 곳에 감고 주먹에 힘을 주면서 팔을 굽히면 툭 끊어져."

높새바람은 이렇게 장담했다.

"종이 노끈이라면 나도 할 수 있겠는데?"

"어림없는 소리. 그럼 어디 한번 해 보게."

끊어지지 않기라도 하면 망신당할까 봐 나는 슬그머니 꼬리를 내려놓았다.

"이보게, 오늘 밤 송별회 때 진탕 퍼마시고 빨간 남방과 따리꾼을 좀 손봐 주는 건 어때?"

내가 반 농담조로 슬쩍 떠보았다. 높새바람이 잠시 뜸을 들이더니 입을 열었다.

"오늘 밤은 때가 아니야."

"왜?"

"오늘 밤 분위기를 망치면 고가 선생에게 미안하잖아. 그리고 어차피 손을 봐 주려면 그놈들이 몹쓸 짓거리를 하는 현장을 덮쳐 손봐 줘야지. 그렇지 않으면 외려 우리가 덤터기를 쓰게 될 수도 있거든."

높새바람이 제법 사리에 닿는 말을 했다. 높새바람은 나보다 사려가 깊은 사람인 것 같았다.

"그럼 자네가 일장 연설로 고가 선생을 한껏 칭찬해 주게. 내가 도쿄 토박이의 나불대는 말투로 연설을 해 봤자 진중하지 못해 안 되겠어. 막상 그런 자리에 서기만 하면 갑자기 신물이 나고 커다란 덩어리가 목까지 차올라 가슴팍이 답답해지면서 말문이 막혀 버리거든. 그래서 자네에게 양보하는 거야."

"참 별난 희귀병도 다 있군그래. 그럼 자넨 사람들 앞에만

서면 꿀 먹은 벙어리가 된다는 소리잖아. 거참, 난감하겠어."

"뭐, 난감할 것까지는 없지만."

이런저런 얘기를 하다 보니 어느덧 시각이 다 돼서 우리는 송별회 장소로 발걸음을 옮겼다. 송별회 장소는 이 지역에서 제일가는 요릿집 '가신테이'였다. 나는 처음 가 보는 곳이었다. 원래 에도시대 때 벼슬아치가 살던 저택을 사들여 그대로 요릿집으로 탈바꿈했다고 한다. 그 외관부터가 가히 위용적이었다. 그 저택을 요릿집으로 둔갑시킨 건 멀쩡한 두루마기를 뜯어서 소매 없는 속저고리를 만든 거나 진배없었다.

우리가 도착했을 무렵에는 거의 다 모여들어 25평 남짓 되는 너른 연회장에 두서너 명씩 무리 지어 있었다. 연회장이 너른 만큼 도코노마 또한 널찍하고 근사했다. 내가 묵은 야마시로야 여관의 7.5평짜리 방에 딸린 도코노마와는 비교가 되지 않았다. 어림잡아 한 4미터는 되어 보였다. 오른편에는 붉은 무늬가 아로새겨진 항아리 모양의 세토(瀨戶) 도자기를 비치하고 거기다 커다란 소나무 가지를 꽂아 놓았다. 소나무 가지를 꽂아 놓고 뭘 하자는 것인지 알 수 없으나 몇 달이 흘러도 시들 염려가 없으니 돈이 들지 않아서 좋긴 하겠다.

"저 세토 도자기는 어디서 납니까?"

박물 선생에게 여쭈어보았다.

"저것은 세토 도자기가 아닙니다. 이마리* 도자기입니다."

"이마리 도자기도 세토** 도자기 아닌가요?"

그러자 박물 선생이 헤헤헤헤 웃었다. 세토 지방에서 구워 내는 도자기여서 세토 도자기라 부른다는 걸 나중에 설명을 듣고 알았다. 나는 도쿄 토박이라 도자기 하면 무조건 다 세토 도자기인 줄로만 알고 있었다. 도코노마 벽 한가운데 걸어둔 커다란 족자에는 내 얼굴만 한 글자 스물여덟 자가 적혀 있었다. 서툴기 짝이 없었다. 하도 글자가 형편없어서 한문 선생에게 여쭈어보았다.

* 사가(佐賀) 현 아리타(有田) 지방에서 나는 아리타 자기의 통칭이다. 대부분 인근 이마리(伊万里) 항에서 일본 전국으로 수송했기 때문에 이마리 자기라고도 한다. 임진왜란 때 일본으로 끌려간 조선의 도예가 이삼평(李參平, ?~1655)이 에도 시대 초기부터 자기를 구워 냈다. 그 후 이마리 항에서 네덜란드를 비롯하여 세계 여러 나라로 널리 수출했다.

** 아이치(愛知) 현 세토(瀨戸) 지방에서 구워낸 자기의 총칭이다.

“저렇게 형편없이 쓴 글자를 왜 걸어 둔 걸까요?”

“저건 유명한 서예가 누키나 가이오쿠*가 쓴 작품입니다.”

누키나 가이오쿠든 누구든 나는 여전히 글자가 영 형편없다고 생각했다.

이윽고 가와무라 서기가 자리에 앉아 달라고 해서 나는 편하게 기댈 수 있는 기둥 옆에 자리를 잡고 앉았다. 누키나 가이오쿠 족자 앞에는 하오리와 하카마 차림의 너구리가 앉고 그 왼편에 너구리와 마찬가지 옷차림을 한 빨간 남방이 진을 치고 앉았다. 역시 일본 전통복을 차려입은 오늘의 주인공 끝물호박 선생이 오른 편에 앉았다. 나는 양복 차림이라 꿇어앉기가 거북해서 바로 책상다리를 하고 앉았다. 내 옆에는 체육 선생이 검정색 바지 차림으로 무릎을 꿇고 곧추앉아 있었다. 체육 선생인 만큼 이골이 난 듯 자세가 발랐다. 곧 상이 들어오고 술병이 나란히 놓였다. 간사가 자리에서 일어나 먼저 개회사를 낭독한 후 너구리가 일어나고 잇따라 빨간 남방이

* 누키나 가이오쿠(貫名海屋, 1788~1863), 에도 시대 후기의 서예가이자 유학자이다.

일어나 제각기 송별사를 한마디씩 했다. 약속이나 한 것처럼 세 사람 모두 끝물호박 선생이 타의 모범이 되고 참 좋은 사람이라고 치켜세우며 나발을 불어 댔다. 이번에 노베오카로 떠나게 된 것은 참으로 아쉬운 일이며 학교뿐 아니라 개인으로서도 섭섭한 마음 금할 길이 없다. 하지만 일신상의 사정으로 본인이 간절히 전근을 원해서 어쩔 수 없었다는 식으로 송별사를 늘어놓았다. 송별회를 마련한 자리에서 이런 식으로 거짓말을 늘어놓고도 전혀 낯간지러워 하는 기색은 엿볼 수 없었다. 개중에 유별나게 빨간 남방이 입에 침이 마르도록 끝물호박 선생을 칭찬하고 나섰다. 이렇게 좋은 벗을 잃는다는 것은 자신에게도 실로 크나큰 불행이 아닐 수 없다고까지 말했다. 게다가 그 표정하며 말투가 정말로 그럴듯한데다 평소의 그 나긋나긋한 목소리를 한층 간드러지게 내는 바람에 처음 듣는 사람은 모두 꼼짝없이 속아 넘어가기 십상이었다. 마돈나도 아마 이런 권모술수에 홀딱 넘어갔을 것이다. 빨간 남방이 한창 송별사를 늘어놓고 있을 때, 맞은편에 앉은 높새바람이 나를 향해 끔뻑 눈짓을 보냈다. 나는 집게 손가락으로 아래 눈꺼풀을 뒤집어 보이며 응답했다.

빨간 남방이 제자리에 앉기가 무섭게 높새바람이 벌떡 일어섰다. 나는 기쁜 나머지 무심코 손뼉을 치고 말았다. 그러자 너구리를 비롯하여 모든 사람의 시선이 내게 쏠려 무안해서 몸 둘 바를 몰랐다. 높새바람이 무슨 말을 하는지 지켜보았다.

"방금 교장 선생님을 위시하여 교감 선생님께서 송별사를 해 주셨습니다. 특히 교감 선생님께서는 고가 선생의 전근을 대단히 섭섭하고 크나큰 불행이라고까지 말씀하셨습니다. 하지만 저는 그와는 반대입니다. 고가 선생이 하루바삐 노베오카로 떠나길 바라는 바입니다. 그곳은 산간벽지라 이곳에 비하면 물질적 풍요를 누리기엔 불편할지언정 들은 바로는 풍속이 순박하기 그지없는 고장이며 교직원과 학생 모두 태곳적부터 내려오는 순박하고 정직한 기풍을 간직하고 있다고 합니다. 마음에도 없는 칭찬을 마구 한다거나 부처님처럼 인자한 얼굴을 하고 군자를 함정에 빠뜨리는 그런 하이칼라 놈들은 한 사람도 없다는 사실을 믿어 의심치 않는 바입니다. 고가 선생처럼 온량돈후(温良敦厚)한 사람은 반드시 그 고장 사람들에게 환영을 받게 될 것이라 확신합니다. 저는 고가 선생의 이번 전근을 쌍수를 들고 축하하는 바입니다. 끝으로 바라건대 노베오카에 부임하시거든 군자에게 천생배필이 될 만한 자격을 겸비한 그 고장의 규수를 간택하여 하루바삐 단란한 가정을 꾸려 그 부정하고 절개 없는 왈가닥 아가씨로 하여금 참담한 기분을 뼈저리게 맛보게 해 주길 바라 마지않습니다."

높새바람이 어험, 어험 크게 두 번 정도 헛기침을 하고 제 자리에 앉았다. 이번에도 내가 손뼉을 치려고 했으나 또 모든 시선이 내게 쏠리는 게 싫어서 참았다. 높새바람이 앉자 이번에는 끝물호박 선생이 자리에서 일어나 친히 맨 끝 말석까지 돌며 한 사람 한 사람에게 깍듯하게 인사를 하고 나서 답사를 했다.

"저는 이번에 일신상의 사정으로 규슈로 떠나게 되었습니다. 여러 선생님께서 소생을 위하여 이렇게 송별회를 성대하게 베풀어 주신 것을 참으로 고맙게 여기고 평생토록 가슴에 새겨 두고자 합니다. 저는 이제 먼 곳으로 떠납니다만 부디 저를 잊지 마시고 앞으로도 아낌없는 성원을 보내 주시길 간절히 바라는 바입니다."

끝물호박 선생은 넙죽 엎드려 절하고 제자리로 돌아갔다. 사람이 어디까지 좋은지 그 속을 알 수가 없었다. 자신을 이렇게 바보 취급하는 교장과 교감에게 깍듯하게 예를 표하고 있었다. 그것도 형식적인 인사가 아니라 그 태도와 말투, 표정에서 진심으로 고마워하는 게 느껴질 정도였다. 이런 성인군자에게 진심 어린 인사를 받으면 양심의 가책을 느껴서라도 낯짝이 달아오를 만도 하건만 너구리도 빨간 남방도 자못 무덤덤한 표정으로 듣고만 있었다.

끝물호박 선생의 인사말이 끝나자 후룩, 후루룩하는 소리가 여기저기서 들려왔다. 나도 덩달아 국물을 마셔 보니 맛이 영 없었다. 전채 요리로 어묵이 나왔는데 거무죽죽한 게 부들어묵을 만들다 만 실패작 같았다. 생선회도 나왔는데 하도 두툼해서 토막 낸 참치를 그대로 먹는 거나 매한가지였다. 그런데도 옆자리에 앉은 선생들은 우적우적 씹는 소리를 내가며 맛나게 먹고 있었다. 아마도 도쿄식 요리를 먹어본 적이 없었을 것이다.

그러는 사이에 데운 술병이 부산하게 오가기 시작하더니 갑자기 사방이 시끌벅적해졌다. 따리꾼 자식은 교장 앞에 가서 굽실거리며 술잔을 받아 들고 있었다. 정말로 밉살스런 놈이다. 끝물호박 선생은 차례차례 술잔을 주거니 받거니 하며 한 바퀴 빙 돌 작정이었나 보다. 고생이 이만저만이 아니다.

"한 잔 받아도 되겠습니까?"

끝물호박 선생이 내 앞에 와서 구겨진 하카마 주름을 매만지며 술을 청하는 바람에 양복 차림이라 거북했지만 무릎을 꿇고 한 잔 따라 드렸다.

"어렵사리 이곳에 왔는데 만나자 이별이라니 참 섭섭하군요. 언제 떠납니까? 제가 배 타는 데까지 전송하러 나가겠습니다."

"아, 아닙니다. 바쁘신데 그러실 필요 없습니다."

끝물호박 선생이 뭐라고 하든지 나는 학교를 빼먹는 한이 있어도 전송하러 나갈 작정이었다.

그럭저럭 한 시간쯤 흐르자 술자리가 제법 흥청거렸다.

"자, 한 잔, 어서 내가 마시라는데……."

혀 꼬부라진 소리를 하는 사람도 한두 명 나왔다. 지루한 나머지 뒷간에 볼일 보러 갔다가 별빛에 비친 고풍스런 정원을 바라보고 있는데 높새바람이 다가왔다.

"어때? 아까 연설 잘했지?"

자신감에 찬 말투였다.

"대찬성이야. 그런데 한 군데가 마음에 안 들어."

"마음에 안 들다니 어느 대목인가?"

"부처님처럼 인자한 얼굴을 하고 군자를 함정에 빠뜨리는 그런 하이칼라 놈들은 노베오카에는 한 사람도 없을 거라고 말했잖아?"

"응, 그랬어."

"하이칼라 놈들만으로는 성에 차지가 않아."

"그럼 뭐라고 했어야 하는 건가?"

"하이칼라 놈, 협잡꾼, 사기꾼, 양의 탈을 쓴 늑대, 야바위꾼, 날다람쥐, 멍멍 짖어대는 개새끼나 다름없는 놈들이라고 했어야지."

"난 혀가 그렇게는 안 돌아가. 자넨 술술 말을 잘도 하는구나. 무엇보다 단어를 참 많이 알고 있군. 입담이 그렇게 좋은데도 연설을 못한다니 참 별일이군."

"아니, 그건 싸움할 때나 써먹으려고 달달 외워 준비해 둔 말이거든. 연설할 땐 이처럼 술술 나오지 않는다니까."

"그래? 일사천리로 잘만 하던데. 어디 다시 한번 해 보게."

"얼마든지 해 볼 테니 자, 잘 들어봐. 하이칼라 놈, 협잡꾼, 사기꾼……."

이런 말을 늘어놓고 있을 때 툇마루를 쿵쾅거리며 두 사람이 갈지자걸음으로 다가왔다.

"거기 두 양반, 너무한 거 아니야! 도망치려 하다니 내가 있는 한 절대로 도망 못 가! 자, 들어가서 술이나 마시게. 사기꾼? 웃기는군. 사기꾼 정말 웃긴다 웃겨……. 자, 어서 들어가 술이나 마시자꾸나." 나와 높새바람을 마구잡이로 끌고 갔다. 실은 이 두 사람도 뒷간에 볼일 보러 나왔다가 술에 곤죽이 되는 바람에 그걸 까맣게 잊고 우리를 끌고 가는 것이리라. 주정뱅이들은 눈앞에 생긴 일만 보이고 그 전 일은 금세 까먹게 되는 모양이었다.

"자, 여러분! 여기 사기꾼들을 끌고 왔으니 어서 술이나 따라 주게. 사기꾼들을 고주망태가 되도록 해 주게. 자네, 도망가면 안 돼."

도망가지도 않는 나를 벽 쪽으로 밀어붙였다. 사방을 둘러봐도 상 위에는 손이 갈 만한 안주라고는 하나도 없었다.

일찌감치 자기 몫을 싹 먹어 치우고 10미터쯤 떨어진 곳으로 안주 원정을 나간 자도 눈에 띄었다. 교장은 언제 자리를 떴는지 모습이 보이지 않았다.

그때 "이 방 맞나?" 하며 기생 서너 명이 들어섰다. 나는 좀 놀라긴 했지만 벽 쪽에 밀쳐진 상태라 가만히 보고만 있었다. 그러자 여태껏 도코노마 기둥에 몸을 기대고 보란 듯이 그 호박 곰방대를 꼬나물고 있던 빨간 남방이 얼른 자리에서 일어나 밖으로 나가려고 했다. 안으로 막 들어선 기생 중 한 명이 생글거리며 나가려는 빨간 남방에게 인사를 했다. 그 기생이 개중에 가장 앳되고 얼굴도 제일 예쁘장하게 생겼다. 좀 떨어져 있어서 잘 들리지는 않았지만 "어머, 안녕하세요." 하는 정도의 인사인 듯했다. 빨간 남방은 본체만체하며 나간 뒤 다시는 얼굴을 비치지 않았다. 아마 교장의 뒤를 쫓아 돌아갔을 것이다.

기생들이 합석하자 일제히 함성을 지르며 환영이라도 하는 것처럼 갑자기 연회장은 활기가 넘치고 시끌벅적해졌다. 어떤 자들은 난코 놀이*를 하고 있었다. 그 고성이 마치

* 술자리에서 주로 바둑돌을 손에 쥐고 그 숫자를 알아맞히면서 즐기는 놀이이다.

길거리 약장수가 예행연습이라도 하는 것처럼 소란스러웠다. 바로 앞에서는 가위바위보 놀이를 하고 있었다. "가위, 바위, 보."를 외치며 정신없이 흔들어 대는 그 손놀림이야말로 영국 다크 극단*의 꼭두각시 인형은 저리 가라였다. 저쪽 구석에서는 술병을 흔들어 대며 "이봐, 술 좀 따르게. 술, 술." 하고 부어라 마셔라 생난리가 났다. 하도 시끄럽고 소란스러워 도저히 견딜 수가 없었다. 그 와중에 따분한 나머지 고개를 떨어뜨리고 골똘히 상념에 잠긴 사람은 끝물호박 선생뿐이었다. 끝물호박 선생의 전근을 아쉬워 해서 마련한 송별회가 아니라 모두 진탕 퍼마시고 즐기려고 만든 자리였던 것이다. 끝물호박 선생을 따분하게 만들 뿐 아니라 괴롭히려고 마련한 송별회였다. 이런 식의 송별회라면 차라리 열지 않는 편이 훨씬 나았을 것이다.

잠시 후 저마다 돼지 멱따는 소리로 무슨 노래를 불러 대기 시작했다.

"선생님, 아무 노래나 한 곡 뽑으시죠?"

* 메이지 시대에 몇 차례 일본을 방문하여 꼭두각시 인형극을 선보인 영국의 극단을 말한다.

기생 한 명이 내게 다가와 샤미센*을 켤 자세를 취하며 권유했다.

"나는 노래 같은 거 못한다. 너나 한 곡조 뽑아 봐라."

"징이랑 북으로, 길 잃고 헤매는 산타로야, 동동동, 쟁쟁쟁 두드리며 돌아다닌다고 만날 수 있다면 나도 징이랑 북으로 동동동, 쟁쟁쟁 두드리고 돌아다니며 만나고 싶은 사람이 있노라." 하고 숨을 두 번 쉬고 부르고 나더니 "아이 숨차다."고 했다. 그렇게 숨이 차면 부르기에 좀 편한 노래를 하면 될 것이지.

그러고 있는데 어느새 따리꾼이 내 옆에 와서 앉았다.

"스즈짱, 보고 싶은 사람을 만났다 했더니만 이내 자리를 떠 버려 어이할꼬."

따리꾼은 여전히 만담가 어투로 놀려 댔다.

"에이, 몰라요."

기생이 볼멘 투로 말했다. 따리꾼은 전혀 개의치 않고 징

* 대표적인 일본의 현악기이며 산겐(三絃)이라고도 한다. 네 개의 상자를 합친 통에 기다란 지판(指板)을 달고 그 위에 비단 실로 꼰 세 줄을 연결한 악기이다.

그러운 목소리로 기다유부시* 흉내를 냈다.

"우연히 상봉을 하긴 했는데……."

"그만 좀 하세요."

기생이 손바닥으로 따리꾼 무릎을 탁 치자 따리꾼은 좋아 죽겠다는 듯이 깔깔거리고 웃었다. 이 기생이 빨간 남방에게 인사를 한 바로 그 장본인이었다. 기생에게 얻어맞고도 저렇게 좋아하며 웃다니 참 속도 없는 놈이었다.

"스즈짱, 내가 기노쿠니**를 출 테니까 샤미센 반주 좀 부탁해."

따리꾼이 이젠 춤까지 출 기세였다.

맞은편에 앉은 노인장 한문 선생은 치아가 빠진 입을 일그러뜨리며 "거, 잘 안 들리오, 덴베 씨, 당신과 나 사이엔……." 까지는 알아들었는데 "그다음이 뭐였지?" 하고 기생에게 물어봤다. 노인장은 기억력이 떨어지기 마련인가 보

* 샤미센의 반주에 맞추어 독특한 억양과 가락을 붙여 이야기를 엮어 나가는 형식을 말한다.

** 에도 시대 후기에 유행한 속요의 곡명으로, 술자리에서 샤미센 반주에 맞추어 춤출 때 부르는 노래이다.

다. 기생 한 명이 박물 선생 앞에 가서 노래를 불렀다.

"요즘 이런 노래가 대세예요. 샤미센 한 번 타 볼까요? 잘 들어 보세요." 상툿고에 하얀 리본을 꽂은 서양식 신식 머리, 탈것은 자전거, 켜는 건 바이올린, 어설픈 영어로 아이 엠 그레이드 투 씨유(I am grade to see you)를 섞어 가며 술술 부르자 박물 선생은 "우와, 재미있네. 노래에 영어 가사도 들어 있군." 하고 감탄했다.

높새바람은 "기생, 기생." 하고 큰 소리로 불러 대며 "내가 칼춤을 출 테니까 샤미센 좀 타 봐." 하고 채근했다. 그 소리에 기생은 주눅이 들어 입도 벙끗하지 못했다. 높새바람은 아랑곳하지 않고 지팡이를 들고 와 "후미야부루센잔반가쿠노케무리(踏破千山萬岳煙)……."*를 읊으며 혼자 한복판으로 나와 숨은 재주를 한껏 펼치고 있었다. 때맞추어 기노쿠니 춤을 끝낸 따리꾼이 익살스런 갓포레 춤까지 한바탕 추고 나더니, 선반 위 오뚝이가 어쩌고저쩌고 하는 속요마저 불렀

* 사이토 겐모쓰(斉藤監物, 1822~1860가 군담 소설 『태평기(太平記)』에 등장하는 인물 고지마 다카노리(児島高德)를 칭송한 시이다.

다. 그러고 나서 따리꾼은 훈도시만 달랑 하나 걸치고 거시기만 가린 채 종려비를 겨드랑이에 끼고 "청일 담판 결렬되고……."*를 외치며 연회장을 종횡무진 누비고 돌아다니고 있었다. 미치광이가 따로 없었다.

나는 아까부터 괴로운 듯 하카마도 벗지 못하고 쭈그리고 앉아 있는 끝물호박 선생이 몹시 안쓰러워 차마 보고 있을 수만은 없었다. 아무리 자신을 위하여 마련한 송별회라고 할지라도 훈도시 바람으로 추는 벌거숭이 춤까지 전통복을 차려 입은 채 참아 가며 지켜봐야 할 이유가 없다는 생각이 들어서 곁으로 다가가서 말을 붙여 보았다.

"고가 선생님, 이제 그만 일어나 돌아가시죠."

"오늘은 저를 위해 마련한 송별회 자리인데, 제가 먼저 자리를 뜨는 건 예의가 아니지요. 제 걱정은 하지 마시고 먼저 돌아가세요."

끝물호박 선생은 전혀 돌아갈 기색이 보이지 않았다.

* 이 노래는 1891년에서 1892년에 지어져 주로 소시(壮士, 정치 청년)들 사이에 즐겨 부른 것으로 긴부부시(欣舞節)의 한 구절이다. 이 가사에 청나라를 비하하는 말 '오랑케(ちゃんちゃん)'가 나온다.

"그게 무슨 상관입니까? 송별회면 송별회다워야지요. 저 꼬라지들 좀 보세요. 미치광이들이 모인 자리입니다. 어서 일어나 갑시다."

내켜 하지 않는 끝물호박 선생에게 억지로 권해서 방을 나서려던 참에 따리꾼이 빗자루를 흔들어 대며 다가왔다.

"이보게, 주인공이 먼저 자리를 뜨다니 이거 너무하지 않소이까? 청일 담판이다. 절대로 못 보내!"

따리꾼이 빗자루로 앞길을 가로막았다.

"청일 담판 좋아하네. 네놈은 오랑캐의 끄나풀이야!"

나는 아까부터 슬슬 신경질이 난 상태라 주먹으로 따리꾼의 대갈통을 냅다 쥐어박았다. 따리꾼은 얼빠진 사람처럼 2, 3초 동안 멍하니 서 있었다.

"아니, 이럴 수가! 감히 요시카와에게 주먹다짐을 다 하다니 정말로 어처구니가 없군. 그야말로 이젠 청일 담판이다."

따리꾼이 말도 안 되는 소리를 지껄이고 있을 때 뒤편에 있던 높새바람이 무슨 소동이 일어난 걸 알아차리고 칼춤을 추다 말고 달려왔다. 따리꾼의 이런 몰골을 보자마자 목덜미를 움켜쥐고 확 잡아당겼다.

"청, 청일 아! 아야! 아프단 말이야! 정말 이건 깡패들이나 하는 짓이야!"

발버둥 치는 따리꾼을 옆으로 비틀자 꽈당 하고 나자빠졌다. 그다음에는 어떻게 되었는지 알 수 없다. 끝물호박 선생과 도중에 헤어진 뒤 하숙집에 도착해 보니 밤 11시가 넘었다.

10

오늘은 승전기념일이라 휴교였다. 연병장에서 기념식 행사를 하기 때문에 너구리는 학생들을 인솔하여 참석해야 했다. 나도 교직원의 일원으로서 함께 따라갔다. 거리로 나서자 온통 일장기 물결에 눈이 부실 정도였다. 재학생이 800명이나 되다 보니 체육 선생이 대오를 짰다. 반과 반 사이의 줄 간격을 조금씩 두고 그 사이사이에 지도 교사 한두 명씩 배치하는 형식이었다. 형식 그 자체는 상당히 짜임새가 있는 것처럼 보이나 사실은 매우 엉성했다. 학생들은 시먹어서 규율을 어겨야지만 자신들의 체면이 선다고 생각하는 녀석들이라 교직원 몇 명이 따라붙어 보았자 아무런 소용도 없었다. 명령도 내리지 않았는데 멋대로 군가를 부르지를 않나, 군가가 그치고 나면 와! 하고 까닭도 없는 함성을 질러 대지를 않나, 마치 부랑인들이 활개치고 거리를 돌아다니는 모양새였다. 군가도 부르지 않고 함성도 지르지 않을 때는 웅성거리며 무언가 지껄여 댔다. 지껄이지 않고도 얼마든지 행진

할 수 있을 텐데 말이다. 일본 사람들은 너 나 할 것 없이 워낙 말이 많은 편이라 아무리 잔소리를 해 본들 먹혀들 리 만무하다. 그냥 지껄이는 것이 아니라 선생들 험담을 해 대니 그야말로 저질이었다. 나는 숙직 사건에 연루된 학생들에게 사과를 받아 내는 것만으로 이제 충분하다고 생각했다. 사실은 큰 오판이었다. 하숙집 할머니 말마따나 나는 정말로 착각의 달인이었다. 학생들은 진심으로 뉘우치고 내게 용서를 빈 게 아니라 그저 교장이 시키니까 마지못해 가식적으로 머리를 조아린 것뿐이었다. 흔히 장사꾼들이 머리만 조아리고 밥 먹듯이 교활한 짓을 일삼는 것처럼 학생들도 비록 용서는 빌었을지언정 결코 장난질을 그만둘 녀석들이 아니었다. 곰곰이 생각해 보면 지구상에는 대부분 이런 학생들과 같은 부류의 인간들로 구성되어 있는 것일지도 모른다. 남들이 사과를 하거나 용서를 구하거나 하면 그걸 곧이곧대로 받아들여 용서를 해 주는 사람에게 지나치게 고지식한 푼수라며 손가락질을 할 것이다. 용서를 비는 것도 가식적으로 하기 때문에 용서를 해 주는 것 역시 가식적이라고 생각해도 무방하다. 만일 진정한 사과를 받아 낼 생각이라면 진정으로 뉘우

칠 때까지 인정사정없이 묵사발이 되게 두들겨 패야만 한다.

내가 반과 반 사이에 들어가자 튀김이니 경단이니 하는 소리가 끊임없이 들려왔다. 워낙 학생들이 많다 보니까 누가 하는 소리인지 알 수도 없었다. 용케 알아낸다고 해도 '선생님에게 튀김이라고 한 게 아닙니다. 경단이라고 한 게 아닙니다. 선생님께서 신경쇠약이라 헛들은 것'이라고 둘러댈 게 뻔했다. 이런 비열한 근성은 봉건 시대부터 길들여진 이 고장의 고질적인 습관이라 아무리 타이르고 가르쳐 준들 도저히 고쳐질 리 만무했다. 이런 땅에 1년이나 있다가는 아무리 결백한 나일지라도 거기에 물들게 되고 말지도 모른다. 나는 상대편이 교묘하게 미꾸라지처럼 빠져나가며 내 얼굴에 먹칠을 해 대는 걸 그냥 보고만 있을 머저리가 아니었다. 상대가 사람이면 나 또한 사람이다. 중학생이건 어린애건 덩치는 나보다 크다. 그러므로 어떻게든 형벌로 되갚아 줘야만 내 체면이 선다. 그런데 내가 보복을 할 때 미온적으로 나가면 상대편이 맞받아치고 나올 것이다. 네놈들이 나쁘기 때문이라고 하면, 미리 빠져나갈 구멍을 만들어 놓고서 일사천리로 변명을 늘어놓을 것이다. 변명을 해 대며 자신들의 대의명분을 그럴싸하게 내세우고 내 허점을 반격해 올 것이다. 애초부터 보복에서 비롯된 일이라 상대편의 과실을 명백하게 들이대지 않는 한 내 말발은 먹혀들지 않는다. 요컨대 상대편이 먼저 내게 해코지를 했는데도 세상 사람들 눈에는 내가 먼저 싸움을 건 것처럼 비치고 말 것이다. 손해가 이만저만이 아니다. 그렇다고 상대편이 무슨 짓거리를 하건 바보처럼 손을 쓰지 않으면 상대편에서는 점점 못된 짓거리를 할 뿐이다. 거창하게 말하면 이 세상에 전혀 보탬이 되지 않는다. 그래서 어쩔 수 없이 나도 그 수법을 역이용하여 책잡히지 않고도 상대편이 아예 손을 쓸 수 없는 방법으로 보복을 해야만 했다. 그렇게 되면 도쿄 토박이의 체면도 엉망이 되고 말지만 그렇게 되는 한이 있어도 1년씩이나 이런 꼴을 당하고 살 바에야 나도 인간인지라 엉망이 되건 말건 그렇게 대응하지 않고서는 도저히 수습이 되지 않았다. 아무래도 일찌감치 도쿄로 돌아가서 기요 할멈과 함께 지내는 게 상책인 것 같았다. 이런 촌구석에 박혀 산다는 건 타락하러 온 거나 매한가지였다. 도쿄에 가서 신문배달을 하더라도 이렇게까지 타락하는 것보다는 나을 것이다.

이렇게 생각하며 마지못해 따라가고 있는데 갑자기 선두에서 왁자지껄 술렁이기 시작하더니 곧바로 행렬이 뚝 멈췄다. 이상하다 싶어 행렬에서 오른쪽으로 벗어나 앞쪽을 보니 오테마치의 막다른 곳에서 야쿠시마치로 돌아가는 모퉁이에서 꽉 막인 채 밀치락달치락 몸싸움을 벌이고 있었다. 앞쪽에서 "조용히 해! 조용히 해!" 고래고래 소리를 지르며 다가온 체육 선생에게 무슨 일이냐고 했더니 모퉁이에서 중학교 학생들과 사범학교 학생들이 충돌했다고 말했다.

중학교와 사범학교는 전국 어디를 가나 개와 원숭이의 사이처럼 서로 앙숙이라고 했다. 그 까닭은 알 수 없지만 학교의 기풍이 전혀 맞지 않았다. 걸핏하면 싸웠다. 아마 땅덩어리가 좁은 촌구석이라 따분한 나머지 심심풀이로 하는 짓거리였을 것이다. 나는 싸움을 좋아하는 편이라 충돌했다는 소리에 반은 재미 삼아 달려갔다. 가서 보니 앞쪽에 있는 학생들은 "지방세* 주제에 저리 비켜!" 하고 고함을 지르고 뒤에서는 "밀어! 밀어

* 사범학교는 초등학교 교사 양성을 목적으로 1872년 도쿄를 시작으로 1886년 사범학교령에 따라 각 부(府)와 현(県)에 설립한 학교로, 운영에 필요한 재정을 보조받았기 때문에 '지방세'라고 놀림을 받았다.

붙여!" 하고 괴성을 질러 대고 있었다. 나는 거치적거리는 학생들 사이를 비집고 빠져나가 길모퉁이로 막 들어서려는데 "행진 앞으로!" 카랑카랑하고 절도 있는 구령과 동시에 사범학교 학생들이 엄숙하게 행진하기 시작했다. 서로 선두에 서려다 빚어진 충돌은 진정이 된 모양새였다. 결국 중학교가 한발 양보한 것이었다. 자격으로 따지면 사범학교가 위라고 들었다.

승전기념식은 매우 간단하게 치렀다. 먼저 여단장이 축사를 낭독하고 이어서 지사가 축사를 낭독한 다음 마지막에 참석자들이 만세를 삼창하는 것으로 식이 모두 끝났다. 자축연 행사는 오후에 열린다고 해서 일단 하숙집으로 돌아와서 요전부터 마음에 걸렸던, 기요 할멈에게 보낼 답장을 쓰기 시작했다. 다음번 편지는 좀 더 자세하게 써서 보내 달라고 요청해서 이번에는 되도록 정성을 다해 써 보내야만 한다. 그런데 막상 편지지를 펼쳐 놓고 보니 써야 할 것은 많은데 무엇부터 써 나가야 할지 막막하기만 했다. 그 얘기부터 쓰자니 좀 귀찮고 이 얘기를 쓰자니 시시하다는 생각이 들었다. 힘들이지 않고 술술 써 나갈 수 있고 기요 할멈의 흥미를 끌 만한 그런 얘깃거리는 없을까 하고 골똘히 생각해보았지만 그럴 만한 화젯거리는 하나도 없는 것 같았다. 나는 먹을 갈아 붓을 축여 편지지를 바라보고 다시 먹을 갈아 붓을 축여 편지지를 바라보기를 반복했다. 그렇게 먹 갈기와 편지지 바라보기를 여러 차례 되풀이한 끝에 나는 도저히 편지를 쓸 수 없다고 판단해 포기하고 벼루의 덮개를 덮고 말았다. 편지 따위를 쓰는 건 성가신 일이었다. 아무리 생각해도 도쿄로 가서 기요 할멈을 직접 만나 얘기하는 게 속이 편할 것 같았다. 걱정할 기요 할멈의 심정을 모르는 바는 아니었지만, 기요 할멈의 입맛에 맞는 편지를 쓴다는 건 삼칠일(21일) 식음을 전폐하는 것보다 힘든 일이었다.

나는 붓과 편지지를 내팽개치고 벌러덩 드러누워 팔베개를 하고 뜰을 내다보았다. 하지만 여전히 기요 할멈이 마음에 걸렸다. 그때 나는 이렇게 생각했다. '이토록 먼 객지까지 와서 기요 할멈의 안녕을 걱정하고 있는 것만으로도 내 진심이 할멈에게 통할 것이다. 통하기만 한다면야 그깟 편지 따윈 보내지 않아도 된다. 무소식이 희소식이라는 말이 있는 것처럼 편지를 보내지 않으면 무탈하게 잘 지내는 것으로 여기겠지. 기별은 초상이 났을 때나 병이 났을 때, 긴급한 사정이 생겼을 때나 하면 되는 것이다.'

열 평 남짓 되는 뜰에는 돌이나 흙으로 쌓아 만든 석가산* 하나 없이 평평하고 이렇다 할 정원수도 없었다. 단지 귤나무가 한 그루 서 있을 뿐이었다. 담장 밖에서 표적으로 삼을 만큼 우뚝 솟아 있었다. 나는 하숙집으로 돌아오면 언제나 이 귤나무를 바라봤다. 도쿄를 벗어나 본 적이 없는 나로서는 귤이 주렁주렁 열린 광경을 보는 것이야말로 매우 신기할 따름이었다. 초록빛을 띤 저 열매가 점점 노랗게 익어 가면 무척 탐스러울 것이다. 이미 절반쯤 노랗게 변한 놈도 있었다. 하숙집 할머니 말로는 이 귤은 수분이 많고 아주 달다고 했다. 이제 곧 익으면 실컷 먹어도 좋다고 했으니 나날이 야금야금 따먹어야겠다. 앞으로 3주일만 있으면 먹음직스럽게 잘 익을 것이다. 설마 내가 3주일 안에 이곳에서 떠날 일은 없겠지.

내가 이렇게 귤 생각에 푹 빠져 있는데 난데없이 높새바람이 찾아왔다. 높새바람은 소맷자락에서 죽순 껍질로 싼 꾸러미를 꺼내 방 한복판에 내던지며 말했다.

"오늘은 승전기념일이고 해서 자네와 함께 맛있는 거라

* 산을 본떠, 정원에 돌을 쌓아서 만든 것이다.

도 먹으려고 쇠고기를 사 왔어."

나는 하숙집에서는 고구마 공세, 두부 공세에 시달리고, 학교에서는 메밀국숫집과 경단 가게마저 출입이 금지된 터라 '아니, 이게 웬 떡이냐.' 싶어 한걸음에 할머니에게 달려가 냄비와 설탕을 빌려다가 곧바로 끓이기 시작했다.

높새바람은 볼이 미어터지게 마구 쇠고기를 입에 집어넣으며 말을 꺼냈다.

"자네, 빨간 남방에게 단골 기생이 있다는 사실을 알기나 하는가?"

"알고말고. 요 전날 끝물호박 선생 송별회 때 온 기생들 중 한 명이잖아."

"그래 맞아. 난 최근에 겨우 알았는데 자넨 촉이 대단히 빠르군."

높새바람이 나를 극구 칭찬했다.

"그 양반은 입만 열었다 하면 품성이 어쩌고 정신적 오락이 어쩌고 하며 떠벌리는 주제에 뒷구멍에 숨어 기생이나 꿰차고 놀아나다니 정말로 괘씸한 놈이야. 그렇다고 남들이 즐기는 낙을 너그럽게 봐주면 또 모를까 그 꼴을 두고 못 보니 말이야. 자네가 메밀국숫집과 경단 가게에 드나드는 것조차도 학생들 선도에 모범이 되지 않는다며 교장의 입을 빌려 자네에게 주의를 촉구하지 않았던가?"

"응, 그랬지. 그 양반의 사고방식으로는 돈으로 기생을 사는 건 정신적 오락이고 튀김 메밀국수와 경단을 사 먹는 건 물질적 오락인 게지. 정신적 오락이라면 떳떳하게 드러내놓고 해야지 말이야. 그 꼬락서니가 뭐냐! 단골 기생이 송별회장에 들어서자마자 도망치다시피 자리를 뜨다니. 언제까지고 남을 속이려고만 드니, 정말로 밥맛없는 놈이야. 그러다가 남들이 따져들기라도 하면 나는 모르는 일이라는 둥 러시아 문학이 어쩌고저쩌고하는 둥 하이쿠와 신체시는 형제지간과 같다는 둥 그럴싸한 말로 둘러대며 사람들을 현혹할 궁리나 하니 말이야. 그런 간신배는 사내도 아니야. 중상모략이나 일삼는 음탕한 하녀가 환생한 걸 거야. 어쩌면 그놈 아버지가 유시마의 가게마*였는지도 모르지."

* 원래는 에도 시대에 아직 무대에 서지 않은 가부키의 소년 배우를 뜻하며, 여기서는 남색을 파는 일을 업으로 하는 남자를 말한다.

"유시마 가게마라니 그건 또 무슨 소린가?"

"하여간 남자답지 못하다는 뜻이야. 이봐, 그건 아직 설익은 거야. 그런 걸 먹으면 촌충 생겨."

"아, 그런가? 얼추 다 익어서 괜찮을 거야. 그건 그렇고 빨간 남방이 남들 눈을 피해 온천장에 있는 가도야에서 기생과 접선하는 모양이더라."

"가도야라면 그 여관 아닌가?

"응, 숙박을 겸한 요릿집일세. 그러니까 그놈을 야코죽이려면 기생과 함께 가도야에 들어가는 현장을 덮쳐 그 자리에서 족치는 게 제일이야."

"현장을 덮치다니, 그럼 밤중에 불침번이라도 서자는 건가?"

"응, 가도야 앞에 마스야 여관 있지. 거기 행길 쪽 2층 방을 얻어 장지분에 구멍을 내고 망을 보자는 거야."

"망을 보고 있으면 나타날까?"

"나타날 거야. 어차피 하룻밤만으로는 안 돼. 얼추 2주일은 잡아야 할 걸세."

"상당히 피곤할 텐데. 우리 아버지가 세상을 뜨기 전에 내가 일주일 정도 밤을 새며 간병을 해봐서 아는데, 나중에는 머리가 띵해지면서 완전히 맥을 못 추겠더라."

"그깟 몸이 좀 피곤한 거야 상관없어. 저런 간신배를 그냥 내버려 두는 건 나라를 좀먹게 하는 일이니까 내가 하늘의 뜻을 대신해 불의를 응징하고자 하는 거야."

"통쾌하겠군. 그렇다면 나도 가세하겠네. 그래서 오늘 밤부터 불침번을 서자는 건가?"

"아직 마스야 여관에 얘기를 해 놓지 않아서 오늘 밤은 곤란해."

"그럼 실행일을 언제로 잡을 건가?"

"조만간 실행에 옮길 생각이야. 아무튼 자네에게 알려줄 테니 그때 가서 가담하게."

"좋아, 언제든지 가담하겠네. 나는 계략에는 서툴지만 이래 봬도 싸움에는 꽤 날래거든."

나와 높새바람이 빨간 남방 퇴치 작전에 열을 올리며 궁리하고 있는데, 하숙집 할머니가 불쑥 나타났다.

"학생 한 명이 홋타 선상님을 뵈러 왔다 카네요. 방금 선상님 댁으로 찾아갔더니 안 계셔서 아마 여기 계실 것 같아서 찾아왔다 카네요."

할머니는 문지방에 무릎을 꿇고 높새바람의 대답을 기다리고 있었다.

"그래요?"

높새바람이 현관으로 나갔다가 금방 돌아왔다.

"이보게, 재학생이 자축연 행사 구경을 하러 가자며 찾아왔네. 오늘 고치 현에서 무슨 춤을 공연하러 특별히 여기까지 대거 몰려왔다는구나. 좀처럼 보기 드문 춤이라며 꼭 가서 구경하라고 권하네. 자네도 함께 보러 가세."

높새바람은 구경 갈 생각에 무척 들떠서 함께 보러 가자고 권했다. 춤이라면 나는 도쿄에서 수도 없이 봤다. 해마다 열리는 하치만 축제 때 이동무대 위에서 춤을 추며 동네방네 돌아다니기 때문에 시오쿠미 춤*을 비롯하여 춤이라는 춤은 다 봐서 알고 있었다. 고치 촌뜨기들이 추는 머저리 춤 따위는 보고 싶지도 않았지만, 모처럼 높새바람이 권하는 바람에

* 가부키 무용 중 하나로, 해변에서 바닷물로 소금을 만드는 처녀가 도읍으로 돌아간 연인을 사모하며 그 연인이 남기고 간 모자와 의복을 걸치고 추는 춤이다.

결국 구경하러 가기로 마음을 바꿔 먹고 함께 집을 나섰다. 높새바람을 찾아온 녀석이 누군가 했더니 빨간 남방의 남동생이었다. 묘한 놈이 왔다 갔다.

축하연장에 들어서자 에코인 절에서 벌이는 씨름 대회나 혼몬지 절 대법회* 때처럼 높다란 깃발을 수도 없이 여기저기 꽂아 둔 데다 전 세계 모든 나라의 국기를 모조리 빌려다 놓았을 정도로, 새끼줄마다 밧줄마다 빼곡하게 걸려 있어 평소와 달리 드넓은 하늘이 온통 만국기로 화려하게 물들어 있었다. 동쪽 구석에 마련한 가설무대에서 이른바 고치 현의 그 무슨 춤을 공연한다고 했다. 무대를 끼고 오른쪽으로 한 50미터쯤 떨어진 곳에 갈대발로 둘러치고 꽃꽂이를 진열해 놓았다. 구경꾼들은 저마다 감탄사를 연발하며 구경하고 있지만 시시하기 짝이 없는 것이었다. 풀때기와 대나무 쪼가리를 구부려 놓은 걸 즐거운 듯이 바라볼 바에야 차라리 곱사등이 샛서방이나 절름발이 남편을 둔 걸 자랑하는 게 더

* 니치렌슈(日蓮宗, 일본 불교의 13종파의 하나), 4대 본산 중 하나로 도쿄 오타구에 있다. 해마다 개종조(開宗祖) 니치렌의 기일(忌日)인 10월 13일에 열리는 법회이다.

났겠다.

무대 반대편에서는 연이어 폭죽을 쏘아 올리고 있었다. 터진 불꽃 속에서 '대일본제국 만세'라고 쓴 풍선이 나왔다. 천수각 주변 소나무 위를 훨훨 날아가 병영 안으로 떨어졌다. 연이어 '펑' 하는 소리와 동시에 까만 경단처럼 생긴 것이 쌩하는 소리를 내며 가을 하늘을 꿰뚫기라도 하듯이 치솟아 오르더니 바로 내 머리 위에서 '펑' 하고 터졌다. 파란 연기가 우산살처럼 퍼져 나가며 서서히 공중으로 흩어져 사라졌다. 또 풍선이 솟아올랐다. 이번에는 붉은 바탕에 흰 글자로 '육해군 만세'라 쓴 풍선이 바람을 타고 온천장에서 아이오이무라 마을 쪽으로 날아갔다. 아마도 관음보살상이 안치된 경내에 떨어졌을 것이다.

오전에 열린 기념식 때는 사람이 그리 많지 않았는데 오후에 열린 축하연 행사장에는 구경꾼들로 인산인해를 이루었다. 이런 촌구석에 이렇게도 많은 사람이 살고 있었나 싶을 정도로 바글바글했다. 똘똘하게 생긴 얼굴은 별로 눈에 띄지 않았지만 숫자로만 보면 확실히 무시할 수만은 없었다. 그러는 사이에 좀처럼 보기 드물다는 고치 현의 춤 공연이 시작되었다. 춤이라고 해서 나는 후지마(藤間) 유파*가 추는 춤일 것으로 지레짐작하고 있었는데 완전히 헛다리짚었다. 비장한 표정으로 머리띠를 뒤로 동여매고 닷쓰케바카마** 차림을 한 남자들이 한 줄에 열 명씩 세 줄로 나란히 늘어선 채 서른 명이 무대 위에서 일제히 칼집에서 칼을 빼 들고 서 있는 광경을 보고 나는 아연실색했다. 앞줄과 뒷줄의 간격은 45센티미터에 불과했다. 좌우의 간격은 그보다 좁았으면 좁았지 넓지는 않았다. 한 사람만이 줄에서 떨어져 무대 한쪽 끝에 서 있었다. 이 남자 역시 닷쓰케바카마는 입었지만 머리띠는 두르지 않고 칼 대신 가슴에 북을 메고 있었다. 다이가쿠라(太神楽)*** 때 치던 북과 같은 것이었다. 이윽고 이 남자가 "으이 야아! 하아!" 하고 늘어지는 소리로 추임새를 넣으며 콩닥닥, 콩닥닥 북을 쳤다. 전대미문의 기이한 추임새 가락이었다. 미카와만자이****와 후다라쿠를 합쳐놓은 것이라

* 일본 무용의 한 유파이다.

** 움직임이 원활하도록 무릎 아래를 각판처럼 묶은 아랫도리옷이다.

*** 에도시대에 추던 사자춤, 즉흥 촌극 등 기타 곡예를 말한다.

**** 미카와만자이(三河万歳)는 아이치(愛知) 현의 미카와 지방을 근거지로 하는

생각하면 무방할 것이다.

그 추임새 가락은 마치 여름날 죽 늘어진 물엿처럼 조이는 맛은 없었다. 하지만 춤꾼들의 춤 동작 하나하나를 맞추기 위해 콩닥닥 북을 치기 때문에 춤 동작이 연속적으로 쉴 새 없이 이루어지는 것처럼 보이지만, 그 북소리로 박자를 맞출 수가 있다고 했다. 이 북 장단에 맞춰 서른 명이 휘두르는 칼날이 번쩍번쩍 빛이 났다. 게다가 휘두르는 손동작이 워낙 재빨라서 보고만 있어도 가슴이 조마조마했다. 옆에도 뒤에도 불과 45센티미터 이내에 살아 있는 사람이 있고, 그 사람 역시 예리한 칼을 저마다 휘둘러 대기 때문에 어지간히 박자가 맞지 않으면 서로 찌르고 찔려서 다치게 된다. 몸통은 가만히 두고 팔로만 칼을 앞과 뒤, 위아래로 휘두른다면야 그나마 덜 위험하겠지만, 서른 명이나 되는 칼잡이들이 일제히 발을 내디디며 옆으로 휘두르기도 하고, 무릎을 구부리며 휘두를 때도 있었다. 옆 사람이 단 1초라도 빠르거

설날 풍습으로, 부채를 든 사람과 북잡이가 집집마다 찾아가 익살스런 노래와 덕담을 해 준다. 보타락(普陀洛)은 관음보살의 덕을 찬양하는 찬불가의 시작 부분이며 관음보살이 출현한 인도의 신령스러운 산을 의미한다.

나 늦기라도 하는 날에는 자신의 코가 잘려 나갈지도 모른다. 또 옆 사람의 목이 댕그랑 달아날지도 모를 일이었다. 칼을 휘두르는 동작은 자유자재지만, 그 움직임의 반경은 불과 45센티미터 네모난 기둥 안에 한정된 데다 전후좌우에서 휘두르는 칼잡이들과 동일한 방향, 동일한 빠르기로 칼을 휘둘러야만 했다. 이것이야말로 경이로운 춤이었다. 시오쿠미 춤이랑 세키노토 춤*은 이에 비할 바가 못 됐다. 듣자 하니 이 춤 동작은 상당한 숙련도가 필요하기 때문에 쉽사리 박자를 맞추기가 어렵다고 한다. 특히 까다로운 역할은 태평하게 추임새를 넣으며 콩닥닥 북을 치는 북잡이 선생이라고 한다. 서른 명이 일제히 내딛는 발 동작은 물론 손동작, 허리를 구부렸다 폈다 하는 동작도 모두 콩닥닥 북을 치는 이 북잡이의 장단 하나에 달려 있다고 한다. 옆에서 보면 이 양반이 가장 태평스럽게 "으이, 야아! 하아!" 하고 추임새를 느긋하게 넣으며 북을 치는 것 같지만, 실은 이 북잡이의 역할이 무척

* 가부키의 반주 음악 도키와즈부시(常磐津節)에 맞춰 행하는 가부키 무용의 한 작품이다.

힘들고 그 책임이 막중하다고 하니 도무지 믿기지가 않았다.

나와 높새바람은 입을 다물지 못한 채 넋을 잃고 칼춤을 구경하고 있는데, 한 55미터쯤 떨어진 데서 난데없이 와아 하는 함성이 들려왔다. 지금까지 평온하게 여기저기를 둘러보고 있던 구경꾼들이 갑자기 일렁이는 파도처럼 좌우로 움직이기 시작했다.

"싸움이다! 싸움판이 벌어졌다!"는 소리가 들리는가 싶더니 인파를 비집고 빨간 남방 동생이 우리 앞에 나타났다.

"선생님, 또 싸움판이 벌어졌어요. 우리 학교 측에서 오늘 아침에 당한 걸 되갚아 주려고 다시 사범학교 놈들과 결전을 막 벌이는 참입니다. 빨리 좀 가 주십시오."

빨간 남방 동생은 이런 말을 남기고 또다시 인파 속을 헤치고 어디론가 사라져 버렸다.

"또 시작이야. 골치 아픈 놈들이군. 좀 어지간히 하는 게 좋겠구먼."

높새바람은 이렇게 말을 하며 물러나는 사람들 사이를 헤치고 쏜살같이 달려갔다. 두고만 볼 수 없는 노릇이라 싸움을 뜯어말릴 작정이었다. 물론 나도 회피할 생각이 없었기 때문에 높새바람의 꽁무니를 따라 현장으로 달려갔다. 싸움판이 한창 벌어지고 있었다. 사범학교 측은 50, 60명이나 될까? 반면에 우리 중학교 측은 확실히 30%쯤 많았다. 사범학교 학생들은 제복을 입고 있지만, 중학교 학생들은 오전 기념식을 마치고 대부분 평상복으로 갈아입었기 때문에 적과 아군의 판별은 용이했다. 하지만 이리저리 뒤엉켜 싸우는 통에 어디서부터 어떻게 손을 써야 좋을지 난감했다. 높새바람은 난감한 듯 한참 물끄러미 바라보다 입을 열었다.

"이렇게 그냥 내버려 둬선 안 돼. 경찰이 출동이라도 하면 골치 아파지니까 어서 달려들어서 갈라놓으세나."

나는 아무 말도 없이 가장 격렬해 보이는 곳으로 후다닥 뛰어들었다.

"그만해! 그만 좀 해! 이렇게 난폭하게 굴면 학교 체면이 뭐가 되나? 그만두지 못해!"

내가 이렇게 목청껏 소리를 지르며 적과 아군의 경계선처럼 뵈는 곳으로 비집고 들어가려고 했으나 좀처럼 뜻대로 되지는 않았다. 네댓 발짝 파고들었더니 빠져나올 수도 더 들어갈 수도 없게 되었다. 눈앞에서 비교적 덩치가 큰 사범학교 학생들이 열대여섯 명가량의 중학생과 뒤엉켜 맞붙어 싸우고 있었다.

"그만해! 그만 못해!"

내가 사범학교 학생의 어깨를 잡아채 억지로 갈라놓으려는 참에 누군가 밑에서 내 발을 걸었다. 나는 불의의 공격을 당하는 바람에 잡아챈 어깨를 놓아 버리고 옆으로 넘어졌다. 딱딱한 구둣발로 내 등 위에 올라탄 놈이 있었다. 내가 양손을 땅에 짚고 무릎을 땅에 댔다가 벌떡 일어나자 등에 올라탄 놈이 오른쪽으로 벌렁 나가떨어졌다. 일어나서 보니까 일여덟 발짝 떨어진 곳에 덩치가 큰 높새바람이 학생들 사이에 끼여 "그만해! 그만 좀 해! 싸움은 이제 그만둬!" 고래고래 소리를 지르며 시달리고 있는 모습이 보였다.

"이봐, 도저히 안 되겠어."

내가 이렇게 말을 던졌으나 못 들었는지 대꾸조차 하지 않았다.

쌩하고 바람을 가르며 날아든 돌멩이가 느닷없이 내 광대뼈를 때리나 싶더니 바로 그때 어떤 놈이 뒤에서 몽둥이로 내 등을 내리쳤다. "선생 주제에 학생들 싸움판에 끼어들었다

이거지. 때려! 때려!” 하는 소리가 들렸다. “선생은 두 명이다. 큰 놈과 작은 놈이다. 돌멩이를 던져라!” 하는 소리도 들렸다.

“뭐야? 누가 함부로 시건방진 소릴 지껄이는 거야! 촌뜨기들 주제에…….”

나는 옆에 있던 사범학교 학생의 머리를 냅다 갈겨 주었다. 돌멩이가 쌩하고 또 날아들었다. 이번에는 짧게 깎은 내 머리카락을 스치듯 뒤쪽으로 날아갔다. 높새바람은 어떻게 된 건지 시야에서 모습이 사라졌다. 이왕 이렇게 된 바에야 물러설 수 없었다. 처음에는 싸움을 뜯어말리려고 뛰어들었지만, 얻어터지기도 하고 돌멩이 세례까지 받은 마당에 바보처럼 겁을 집어먹고 순순히 물러날 수도 없었다. ‘대체 나를 뭘로 보는가. 덩치는 작아도 싸움의 본고장에서 수련을 쌓은 형님이야.’ 나는 이렇게 생각하면서 정신없이 후려갈겨 주기도 하고 얻어터지기도 하고 있었는데, 이윽고 “짭새다, 짭새다, 튀자, 튀어!” 하는 소리가 들렸다. 여태껏 갈분죽 속에서 허우적거리듯 뜻대로 몸을 움직일 수 없었는데, 갑자기 가뿐해졌나 싶더니 적군도 아군도 한꺼번에 달아나 버렸다. 촌뜨기들이라도 퇴각은 그야말로 귀신같았다. 러시아의 극동군

총사령관 쿠로파트킨*보다 훨씬 잽쌌다.

높새바람은 어떻게 됐나 보니까 가문(家紋)이 새겨진 홑겹 윗도리가 갈기갈기 찢긴 채 저편에서 코를 훔치고 있었다. 콧잔등을 얻어맞고 피를 꽤 흘린 모양이었다. 퉁퉁 부어오른 새빨간 코가 무척 보기 흉했다. 나는 물나염 무늬로 된 겹옷을 입고 있었기 때문에 흙투성이가 되긴 했어도 그나마 높새바람의 윗도리만큼 심한 상태는 아니었다. 하지만 뺨이 쓰라려서 견딜 수가 없었다.

"피가 꽤 많이 나는군."

내 얼굴을 쳐다보며 높새바람이 말했다.

열대여섯 명의 경찰이 출동했지만, 이미 학생들은 모두 반대편으로 달아나 버렸기 때문에 붙잡힌 사람은 나와 높새바람뿐이었다. 우리는 신분을 밝히고 자초지종을 설명한 후 임의 동행 형식으로 경찰서로 연행되었다. 우리는 경찰서장 앞에서 사건의 전말을 진술하고 하숙집으로 돌아왔다.

* 러시아의 장군 알렉세이 니콜라예비치 쿠로파트킨(Aleksei Nikolaevich Kuropatkin, 1848~1925), 러일전쟁 때 극동 총사령관으로 만주에서 일본군과 싸웠으며 펑텐(奉天) 전투에서 대패하고 퇴각했다.

11

다음 날 아침 눈을 떠 보니 온 삭신이 쑤셔서 견딜 수가 없었다. 한동안 싸움을 해버릇하지 않아서 그럴 만도 할 것이다. 이래서야 어디 내놓고 자랑이나 할 수 있겠는가. 이불 속에서 이런 생각을 하고 있는데 하숙집 할머니가 『시코쿠 신문』을 가져와 머리맡에 두고 나갔다. 실은 신문을 보는 것조차도 힘들고 귀찮았지만, 사내대장부가 이깟 일로 맥을 못 추어서야 쓰겠는가 하는 생각에 억지로 엎드려 누워 2면을 펼쳐 보고 나는 깜짝 놀랐다. 어제 벌어진 패싸움 관련 기사가 떡하니 실려 있었다. 그 기사가 실린 거야 놀랄 일이 아니나, 중학교 교사 홋타 아무개 씨와 최근 도쿄에서 부임한 시건방진 아무개 씨가 선량한 학생들을 부추겨서 소동을 야기했다. 게다가 두 사람은 현장에서 학생들을 진두지휘하기는 물론 사범학교 학생들에게 무차별 폭행을 행사했다고 적혀 있었다. 그리고 이런 내용도 덧붙여 놓았다.

> 우리 현 소재 중학교는 예부터 온순하고 선량한 기풍을 지니고 있어서 전국적으로 선망의 대상이 되고 있는 차제에 경박하고 철딱서니 없는 이 두 사람 때문에 우리 현 중학교의 명예가 훼손되었다. 이러한 불명예가 시 전체에 미친다는 사실을 감안하면 우리는 분연히 들고일어나 그 책임을 묻지 않을 수 없다. 우리가 먼저 손을 쓰기 전에 당국에서 응분의 조처를 취하여 이 무뢰한들로 하여금 다시는 교육계에 발을 들여놓지 못하도록 할 것을…….

그리고 글자마다 방점을 새카맣게 찍어서 따끔하게 맛을 보여 주겠다는 의도를 분명히 드러냈다. 나는 이부자리 속에서 "에라, 망할 놈들 똥이나 처먹어라!" 하고 욕지거리를 내뱉으며 이부자리를 박차고 일어났다. 신기하게도 일어나자마자 입때껏 온몸의 뼈마디가 쑤시고 저리던 것이 씻은 듯이 사라지고 가뿐했다.

나는 신문을 둘둘 말아 마당에 냅다 내팽개쳤다. 그래도 성에 차지 않아 다시 주워 측간에 갖다 버리고 왔다. 신문이란 터무니없는 거짓말을 일삼는 종잇조각이다. 세상에서 신문만큼 허풍을 떠는 것도 없을 것이다. 내가 할 소리를 죄다 저네 쪽에서 늘어놓다니 기가 찰 노릇이었다. 게다가 최근에 도쿄에서 부임한 시건방진 아무개 씨라니 그건 또 무슨 개소린가. 세상에 아무개 씨라는 이름을 가진 자가 어디 있단 말인가. 생각해 보라. 나는 이래 봬도 버젓한 성도 이름도 있는 몸이다. 족보를 보고 싶다면 다다노만주 이래 우리 조상을 한 분도 빠짐없이 뵙게 해 주겠노라. 얼굴을 씻고 나니 갑자기 볼때기가 따끔거렸다. 할머니에게 거울 좀 빌려 달랬더니 이렇게 물었다.

"오늘 아침 신문은 다 읽어 봤능기요?"

"예, 다 보고 나서 측간에 갖다 버렸어요. 필요하면 건져다가 보세요."

그러자 할머니는 놀란 표정으로 물러갔다. 얼굴을 거울로 비추어보니 어제 생긴 상처가 그대로 남아 있었다. 이래 봬도 내겐 소중한 얼굴이다. 얼굴에 상처까지 생긴 마당에 '시건방진 아무개'라는 소리마저 듣게 되다니, 그냥 '아무개'라고만 해도 충분했을 텐데 말이다.

오늘 신문에 난 기사에 잔뜩 겁을 집어먹고 결근했다는

소리를 듣는 건 일생일대에 씻을 수 없는 오명이란 생각이 들어서 나는 아침밥을 먹고 바로 학교에 출근했다. 출근하는 작자마다 내 얼굴을 쳐다보며 웃었다. '뭐가 그렇게 우습냐. 네놈들이 만들어 준 얼굴도 아니고…….' 그러고 있는데 따리꾼이 나타났다.

"이야, 어제 세운 공로로 얻은 영광의 훈장이옵니까?"

지난번 송별회 때 내게 얻어맞은 걸 보복이라도 할 요량인지 배배 꼬아가며 빈정거렸다.

"쓸데없는 참견은 집어치우고 붓이나 핥아라."

"이거 정말 송구하외다. 하지만 그 상처 꽤나 아프시겠소이다."

"남이야 아프든 말든 내 얼굴이니 네놈이 걱정할 일 아니다."

이렇게 목청을 높이자 맞은편에 있는 본인 자리로 가서 내 눈치를 살피며 옆자리에 앉은 역사 선생과 무언가 귀엣말을 하며 웃었다. 그때 높새바람이 등장했다. 보라색으로 탱탱 부어오른 높새바람의 코를 보니 콕 찌르기라도 하면 그 속에서 고름이 터져 나올 것만 같았다. 자만심이 강한 탓이었는지 내 얼굴보다 훨씬 상처가 심했다. 나와 높새바람은 책상이 나란히 붙어 있었을 뿐 아니라 무간하게 지내는 사이인 데다 하필이면 출입문과 정면으로 마주 보고 있었다. 묘하게 일그러진 두 얼굴이 한데 모여 있었다. 다른 놈들은 심심하면 우리 쪽을 쳐다봤다.

"아닌 밤중에 홍두깨"라는 식으로 입을 모아 말은 하면서도 속으로는 '어이구, 저런 등신 같은 놈들'이라고 비웃을 게 뻔했다. 그렇지 않고서야 저렇게 쑥덕거리며 키득키득 웃을 리 없다. 교실에 들어갔더니 학생들이 박수로 맞아 주었다.

"선생님, 만세!" 하고 외치는 녀석도 두서너 명 있었다. 인기가 좋은 건지, 놀려대는 건지 통 알 수가 없었다. 이렇듯 나와 높새바람이 주위의 이목을 끌고 있는 와중에 빨간 남방만은 평소와 다름없이 곁으로 다가와 거반 사죄하는 투로 이런 말을 늘어놓았다.

"참으로 황당한 날벼락을 당했더군. 나는 선생들에게 죄송해서 몸 둘 바를 모르겠소. 교장 선생님과 상의해서 정정 보도를 내도록 미리 신문사에 조처를 취해 두었으니까 그 점은 염려하지 말게. 내 동생이 홋타 선생을 찾아가는 바람에 이런 험한 꼴을 당하게 된 거나 다름없네. 정말로 미안하게 됐어. 이번 기사에 관해서는 원만하게 잘 수습이 될 때까지 최선을 다할 생각이니 부디 언짢게 생각하지 말게."

교장은 3교시 때 교장실에서 나와 다소 걱정스러운 듯 말을 꺼냈다.

"신문에 난처한 기사가 났더군요. 일이 복잡하게 꼬이지 않았으면 좋을 텐데"

나는 난처하고 말고 할 것도 없었다. 학교에서 면직을 하면 그 전에 내가 먼저 사표를 던져 버리면 그만이었다. 하지만 내게 잘못이 있는 것도 아닌데 먼저 물러서는 건 허풍쟁이 신문사의 콧대만 더 세워 주는 꼴이 된다. 그래서 반드시 정정 기사를 싣게 하고 오기로라도 나는 계속 근무하는 것이 순리라는 생각이 들었다. 집으로 돌아가는 길에 신문사에 들러 담판을 벌일까도 생각했지만, 학교 측에서 정정 보도를 내도록 미리 손을 써 두었다고 해서 그냥 지나쳐 집으로 향했다.

나와 높새바람은 적당한 틈을 빌려 일단 교장과 교감에

게 사건의 개요를 있는 그대로 설명했다. 두 사람은 우리 설명을 듣고 나더니 이렇게 말했다.

"그건 그렇겠지. 신문사가 학교에 무슨 억하심정으로 짐짓 그런 기사를 내보낸 걸 거야."

빨간 남방은 교무실에 있는 선생들을 일일이 찾아다니며 우리의 행위를 변명하기에 급급했다. 특히 자신의 동생이 높새바람을 불러낸 것이 마치 본인의 과실인 양 나발을 불어 댔다. 선생들은 이구동성으로 "나쁜 건 신문사다. 정말 괘씸하다. 두 사람은 정말 날벼락을 당한 것이다."는 식으로 말했다.

집으로 돌아가는 길에 높새바람이 내게 주의를 촉구했다.

"이봐, 빨간 남방은 음흉한 구석이 있으니 특별히 주의하지 않으면 자칫 당할 수가 있어."

"원래 음흉하잖아. 그런 짓거리를 한 게 어제오늘 일이 아닌데 뭐."

"자네, 아직 눈치 못 챘어? 어제 우리를 불러내 싸움판에 말려들게 한 건 바로 그자가 꾸민 짓거리야."

아하, 그렇게 된 거로군. 나는 미처 거기까지는 생각하지 못했다. 보기에는 높새바람이 괴팍스럽게 보여도 나보다 지혜로운 사내라는 사실에 감탄했다.

"그렇게 싸움판에 몰아넣고 곧바로 신문사에 손을 써서 그런 기사를 싣도록 한 거라니까 정말로 교활한 인간이야."

"신문 기사마저도 빨간 남방 짓이란 말인가? 거참, 놀랍군. 하지만 신문사에서 빨간 남방 말을 순순히 들어 줄까?"

"들어 주고 말고. 신문사에 친구가 있으면 그거야 일도 아니지."

"친구라도 있다는 말인가?"

"있든 없든 문제 될 건 없어. 사실은 이러이러하다고 적당히 거짓말로 둘러대면 바로 기사를 써 버리거든."

"말도 안 돼. 빨간 남방이 꾸민 짓거리가 사실이라면 우리는 이번 사건으로 면직 처분을 받게 될지도 모르겠군."

"재수가 없으면 그렇게 될지도 모르지."

"그렇게 될 바에야 차라리 나는 내일 당장 사표를 던지고 도쿄로 돌아가는 게 낫겠어. 이런 저질스런 곳엔 통사정을 하며 붙잡아도 있고 싶지 않아."

"자네가 사표를 내 본들 빨간 남방은 아마 콧방귀도 안 뀔걸."

"하긴 그래. 어떻게 해야 그놈에게 골탕을 먹일 수 있을까?"

"교활한 저 인간이 꾸미는 모든 짓거리는 그 증거를 인멸하려고 온갖 잔머리를 굴리니까 반박하기란 좀처럼 쉬운 일이 아니야."

"거참, 골치 아프게 생겼군. 그렇다면 결국 덤터기를 쓰게 된다는 말이잖아. 정말로 웃기지도 않군. 천도(天道)는 과연 정의의 편을 드느냐 마느냐 그것이 문제로군."

"일단 한 2, 3일 더 상황을 지켜보세. 그래도 정 안 되겠다 싶으면 날을 잡아 온천장에서 덮쳐 그 자리에서 묵사발을 만드는 수밖에 없어."

"싸움으로 말미암은 사건은 싸움으로 해결하자 이거로군."

"그렇지. 우리는 우리대로 상대편의 허를 찔러야지."

"그거 참 좋은 생각이야. 나는 책략에는 젬병이니까 자네에게 모든 걸 맡길게. 유사시엔 나도 뭐든 다 할게."

우리는 그렇게 하기로 약속하고 헤어졌다. 높새바람이 추측한 대로 빨간 남방이 꾸민 짓거리가 사실이라면 그야말로 지독한 놈이다. 지략으로 맞서서는 도저히 당해 낼 수 없는 놈이다. 아무래도 완력이 아니고서는 달리 뾰족한 수가 없다. 역시 이 지구상에서 전쟁은 그칠 날이 없다. 개인 간에도 결국 완력이다.

다음 날 아침 신문이 오기만을 기다렸다가 펼쳐 보았으나 정정 기사는 고사하고 취소 기사도 눈에 띄지 않았다. 학교에 가서 너구리에게 어떻게 된 거냐고 채근하자 정정 기사는 내일쯤 실릴 것이라고 했다. 이튿날 신문에 깨알만 한 6호 활자로 취소 기사가 실렸다. 그러나 신문사 측에서 여전히 정정 기사는 싣지 않았다. 재차 교장에게 따져 물었더니 취소 기사를 싣는 것 말고 더는 달리 조치를 취할 방법이 없다고 했다. 교장은 너구리처럼 생긴 상판대기에 제 딴에는 잰답시고 얄궂은 프록코트를 차려입고는 있지만 의외로 무기력한 사람이었다. 허위 기사를 실은 한낱 시골 신문사에 지나지 않는 곳에서 제대로 사과를 받아 낼 힘조차 없었다. 나는 머리끝까지 화가 치밀었다.

"그렇다면 제가 주필을 찾아가서 따지겠습니다."

"그건 곤란하네. 자네가 가서 따지면 외려 악성 기사만 또 실릴 뿐이야. 다시 말해 신문사 측에서 실은 기사가 허위건 사실이건 달리 조치를 취할 방법이 없어. 결국 감수할 수밖에 없다는 걸세."

너구리는 스님이 설법을 하듯 나를 설득하려고 들었다. 신문사가 그런 곳이라면 하루속히 쳐부수어 없애 버리는 게 나라에 도움을 주는 길이다. 신문에 실린 기사와 자라에게 물린 것이 대동소이하다는 사실을 오늘 이 자리에서 너구리의 말을 듣고 비로소 알게 되었다.

그러고 나서 사흘쯤 지난 어느 날 오후, 높새바람이 잔뜩 화가 나 씩씩대며 찾아왔다.

"드디어 때가 왔어. 나는 지난번에 세운 계획을 결행할 작정이야."

"그래, 좋아. 그럼 나도 가세할게."

나는 바로 그 자리에서 함께하기로 약속했다. 그런데 높새바람이 고개를 저었다.

"아니야, 자넨 빠지는 게 좋겠어."

"무슨 소린가?"

"교장이 자네더러 사표를 내라고 한 적 있는가?"

"아니, 없어. 자넨?"

"난 오늘 교장실에 갔더니 권고사직을 종용하더군. 정말로 딱하게 됐지만 사정상 어쩔 수가 없다면서 말이야."

"그런 일방적 통보가 어디 있어. 너구리가 불룩한 배를 하도 두드려서 그만 위장이 거꾸로 뒤집어진 게로군. 자네와 난 축하연장에 함께 가서 고치 현의 번쩍번쩍 빛나는 칼춤도 구경하고, 뜯어말리려고 싸움판에도 함께 뛰어들지 않았는가? 그렇다면 공평하게 우리 두 사람에게 사표를 내라고 해야 옳지. 이놈의 시골 학교는 왜 이런 이치를 모른단 말인가? 참으로 답답하군."

"그게 다 빨간 남방이 배후에서 조종한 걸세. 나와 빨간 남방은 지금까지 여러 정황으로 미루어 도저히 한 학교에서 함께할 수 없는 사이지만, 자네야 지금처럼 그냥 두어도 아무런 장애가 되지 않을 것으로 판단한 모양이야."

"난들 어떻게 빨간 남방과 함께할 수 있단 말인가? 장애가 되지 않을 걸로 생각하다니, 시건방진 놈 같으니라고."

"자넨 지나치게 단순해서 자기 맘대로 속여 먹을 수 있겠다 싶으니까 그냥 두어도 괜찮다고 판단한 모양이야."

"그게 더 괘씸해. 누가 그 장단에 놀아날 줄 알고?"

"게다가 지난번에 고가 선생이 노베오카로 떠나고 나서 후임자가 사고로 아직 도착하지 못한 상황에서 자네와 나를 한꺼번에 쫓아내면 당장 학생들 수업 시간에 공백이 생기기 때문이기도 하겠지."

"그렇다면 나를 땜빵으로 쓸 속셈이로군. 망할 자식, 누가 그 놀음에 놀아날 것 같아?"

다음 날 나는 교장실로 찾아가 담판을 벌였다.

"제게는 왜 사표를 내라고 하지 않습니까?"

"대체 그게 무슨 소린가?"

너구리는 어안이 벙벙한 표정이었다.

"홋타 선생에겐 사표를 내라고 하면서 왜 저에게는 내라고 하지 없습니까? 그런 법이 어디 있습니까?"

"그거야 학교 사정상……."

"그 사정이란 게 글러 먹었단 말입니다. 제가 사표를 내지 않아도 된다면 홋타 선생 역시 내지 않아도 되는 것 아닙니까?"

"그 부분은 설명하기가 좀 곤란한데, 홋타 선생은 부득이 떠나야 하는 사람이지만, 선생은 사표를 내야 할 마땅한 이유가 없다고 판단했기 때문이오."

과연 너구리는 너구리였다. 얼토당토않은 소리만 늘어놓고 게다가 침착하기 그지없었다. 참다못해 내가 이렇게 말했다.

"그렇다면 저도 사표를 내겠습니다. 홋타 선생 사표만 수리해도 제가 마음 편히 머물러 있을 것으로 생각하시는지는 모르겠습니다만, 저는 그렇게 몰인정한 짓은 할 수 없습니다."

"그건 곤란하네. 홋타 선생도 떠나고 자네마저도 떠나면 수학 수업을 전혀 진행할 수가 없게 돼서……."

"그거야 제가 알 바 아닙니다."

"자네, 그런 억지소리를 하면 안 되는 거야. 학교 사정도 좀 생각해 주어야지. 그리고 자네가 온 지 채 한 달이 될까 말까 한데 사직을 하게 되면, 앞으로 자네 이력에도 좋지 않은 영향을 미치게 되니까 그 점도 좀 고려하는 것이 좋을 걸세."

"이력 따위는 아무래도 상관없습니다. 제겐 이력보다 의리가 더 중요합니다."

"그건 일리가 있네. 자네 말은 일리가 있긴 하지만, 내 말도 좀 헤아려 주게. 자네가 정 사직을 원한다면 굳이 말릴 생각은 없네만, 후임자가 올 때까지는 어떻게든 수업을 맡아 주게. 아무튼 집에 가서 다시 한번 생각해 보시게."

다시 생각해 보고 말고 할 것도 없는 명명백백한 이유가 있었지만, 붉으락푸르락하는 너구리의 표정이 불쌍해서 다시 한번 생각해 보기로 하고 일단 그 자리에서 물러났다. 어차피 혼내 줄 바에야 한꺼번에 몰아서 묵사발을 만드는 게 옳다 싶어서 빨간 셔츠에게는 말도 붙이지 않았다.

높새바람에게 너구리와 담판을 벌인 일에 관한 얘기를 해주었다.

"나도 그럴 거라고 대충 짐작은 하고 있었네. 자네 사표 건은 유사시까지 일단 보류해 두어도 지장이 없을 거야."

나는 높새바람의 조언에 따랐다. 아무래도 높새바람이 나보다 현명한 것 같아서 높새바람이 하자는 대로 무조건 따르기로 했다.

마침내 높새바람은 사표를 내고 교직원 일동과 작별 인

사를 나누고 해변에 있는 미나토야 여관으로 내려갔다. 그런 다음 사람들 눈을 피해 온천장에 있는 마스야 여관의 행길 쪽 2층 방에 숨어들어 장지문에 구멍을 내고 망을 보기 시작했다. 이 사실을 아는 사람은 나밖에 없을 것이다. 빨간 남방은 어차피 밤중에 가도야에 숨어들 것이다. 초저녁에는 학생들과 남들 눈도 있고 하니까 일러도 밤 9시가 좀 지나야만 나타날 것이다. 처음 이틀 밤은 나도 밤 11시까지 망을 보고 있었으나 빨간 남방의 그림자도 비치지 않았다. 셋째 날은 밤 9시부터 10시 30분까지 내다보고 있었지만 역시 허탕이었다. 허탕을 치고 한밤중에 하숙집으로 돌아가는 것처럼 바보스러운 짓은 없다. 4, 5일쯤 지나자 하숙집 할머니가 걱정스런 투로 쓴소리를 했다.

"처도 있는 양반이 밤마다 어딜 그렇게 놀러 댕기능기요?"

유흥가나 기웃거리는 그런 밤놀이와는 차원이 달랐다. 나는 하늘을 대신해서 불의를 응징하기 위해 밤 나들이를 하는 것이었다. 그렇다고는 하나 일주일이나 다녔는데도 전혀 나타날 조짐이 보이지 않으면 싫증이 나기 마련이다. 나는 성미가 불같아서 일단 빠져들게 되면 밤을 지새워서라도 일을 하는 편이다. 그러나 어느 것 하나 진득하게 제대로 시도해 본 적이 없다. 아무리 하늘을 대신해서 불의를 응징하는 임무를 띠었다 할지라도 진력나는 건 당연지사였다. 여섯째 되는 날에는 약간 싫증이 나더니, 이레째가 되자 이젠 가지 말까 하는 생각마저 들었다. 그런 면에서 보면 끄떡도 하지 않는 높새바람은 대단하다. 초저녁부터 밤 12시가 넘어가도록 장지문에서 한시도 눈을 떼지 않고 가도야 여관 입구의 둥근 백열등 아래를 뚫어져라 노려보고만 있었다. 내가 가면 오늘은 손님이 몇 명이 들었고 개중에 숙박한 사람이 몇 명, 여자가 몇 명이라는 자세한 통계까지 제시하는 데는 놀라지 않을 수 없었다.

"아무래도 오지 않을 모양이야."

"아냐, 분명히 오긴 올 거야."

높새바람은 팔짱을 낀 채 한숨을 내쉬며 말했다. 만약 빨간 남방이 이곳에 한 번이라도 모습을 드러내지 않게 되면 안타깝게도 높새바람은 평생 하늘을 대신해 불의를 응징할 기회를 영영 잃게 되고 만다.

여드레째 되는 날에는 오후 7시쯤 하숙집을 나와 먼저

느긋하게 온천을 즐긴 후 온천장에서 날달걀 여덟 개를 샀다. 내가 달걀을 산 것은 하숙집 할머니의 고구마 공세에 대응하기 위한 일환이었다. 달걀을 네 개씩 양쪽 소맷자락에 넣고, 평소에 들고 다니던 그 빨간 수건을 어깨에 걸치고 팔짱을 낀 채 높새바람이 묵고 있는 마스야 여관으로 향했다. 계단을 올라가 방문을 열자마자 높새바람이 위태천처럼 생긴 얼굴에 화색을 띠며 나를 맞았다.

"이보게, 드디어 희망이 보여. 희망이."

어젯밤까지만 해도 표정이 좀 시무룩해서 곁에서 지켜보는 나마저도 몹시 음울해 분위기가 착 가라앉을 정도였는데, 만면에 화색이 도는 걸 보니 덩달아 나도 기분이 날아갈 것만 같았다. 나는 얘기를 더 들어 보기도 전에 대뜸 "유쾌, 통쾌, 상쾌!" 하고 소리쳤다.

"저녁 7시 반쯤 단골 기생 고스즈가 가도야로 들어가는 걸 내 눈으로 똑똑히 봤어."

"빨간 남방과 함께?"

"아, 아니."

"그럼 아무 소용 없잖아."

"기생이 두 명이었거든. 나타날 가능성이 매우 높아."

"무슨 근거로?"

"무슨 근거라니, 워낙 교활한 놈이라 기생을 먼저 들여보내고 시간차를 두고 숨어들지도 몰라."

"그럴지도 모르겠군. 벌써 아홉 시지?"

"이제 아홉 시 십이 분이야."

니켈로 된 회중시계를 허리춤에서 꺼내 들여다보며 높새바람이 대답했다.

"이봐, 남폿불을 꺼. 장지문에 중대가리 두 개가 비치는 건 좀 이상해. 여우는 금방 냄새를 맡으니까."

나는 옻칠을 한 책상 위에 놓인 남폿불을 후우 불어서 껐다. 별빛에 장지문만 약간 밝았다. 달은 아직 떠오르지 않았다. 나와 높새바람은 얼굴을 장지문에 바짝 들이대고 숨을 죽이고 뚫어져라 내다보고 있었다. 땡 하고 괘종이 9시 30분을 알렸다.

"이봐, 오기나 할까? 오늘 밤에도 나타나지 않으면 난 이만 만세 부르고 말 거야."

"난 주머니에 돈이 다 떨어질 때까지 계속할 거야."

"돈은 얼마나 있는가?"

"오늘까지 여드레치 5엔 60전은 이미 치렀어. 언제든지 뛰쳐나갈 수 있도록 방값을 하루치씩 지불하고 있거든."

"거참, 준비성 한번 대단하군. 여관에서도 어찌 된 일인가 싶어 놀라겠는걸."

"여관이야 어찌 되건 그건 상관없는데, 한시도 긴장을 늦출 수가 없으니 환장하겠어."

"그 대신 낮잠은 잘 수 있잖아?"

"낮잠이야 자지만, 외출을 할 수 없으니 갑갑해서 죽을 맛이야."

"하늘을 대신하여 불의를 응징하는 것도 여간 힘든 일이 아니군그래. 하늘의 그물코가 성겨서 혹여 불의가 빠져나가 버리기라도 하는 날엔 허망하겠는걸."

"무슨 소리야. 오늘 밤엔 반드시 모습을 드러낼 거야. ……이보게, 저기 봐, 저기."

높새바람이 갑자기 목소리를 죽이는 통에 나는 가슴이 철렁했다. 검은 모자를 눌러쓴 남자가 가도야의 백열 가로등을 올려다보고는 어둠 속으로 사라졌다. 빨간 남방이 아니었다. 젠장맞을, 아니잖아. 그때 1층 카운터의 괘종이 사정없이 땡땡땡 울리며 10시를 알렸다. 오늘 밤도 이대로 허탕을 칠 모양이다.

세상은 다시 정적에 휩싸였다. 유곽에서 울려 퍼지는 장구 소리가 손에 잡힐 듯 가까이 들렸다. 온천장 산 너머로 달이 얼굴을 불쑥 내밀자 행길이 훤했다. 그때 아래쪽에서 말소리가 들려오기 시작했다. 창밖으로 목을 내밀 수도 없는 노릇이라 그 모습을 뚜렷하게 확인할 수는 없었지만, 점점 다가오고 있는 듯했다. 딸깍딸깍 고마게다를 끄는 소리가 났다. 고개를 틀어 눈을 사선으로 하고 보자 간신히 두 사람의 그림자가 보일 정도로 가까이 다가왔다.

"이젠 만사형통입니다. 훼방꾼도 내쫓아 버렸으니까요."

따리꾼 목소리가 확실했다.

"그저 큰소리만 칠 줄 알았지 아무런 계략이 없으니 어쩔 수 없지."

이건 빨간 남방이었다.

"그놈도 등신 자식과 하는 짓이 꼭 닮았어요. 그 등신은 의협심에 불타는 철부지 도련님이라 그래도 귀여운 구석은 있더군요."

"월급 인상을 마다하질 않나, 사표를 내겠다고 우기질 않나, 그런 걸 보면 그 녀석은 아무래도 머리가 좀 헷가닥 돈 모양이야."

나는 창문을 열고 2층에서 뛰어내려 돼지게 패 주고 싶었지만 가까스로 참았다. 두 사람은 하하하하 웃으며 백열 가로등 아래를 지나 가도야로 들어갔다.

"이보게."

"이봐."

"나타났어."

"드디어 나타났군."

"이제야 겨우 마음이 놓여."

"따리꾼, 이 개자식 뭐, 나더러 의협심에 불타는 철부지 도련님이라고 지껄였다 이거지."

"훼방꾼은 나를 두고 하는 말이야. 무례하기 짝이 없는 놈들이로군."

나와 높새바람은 두 놈이 집으로 돌아가는 길에 덮쳐야 했다. 하지만 두 인간이 언제 밖으로 나올지 도통 감을 잡을 수가 없었다. 높새바람은 1층 카운터에 가서 어쩌면 오늘 밤에 일이 생겨서 나가야 할지도 모르니까 언제든 나갈 수 있도록 해 두라고 부탁하고 돌아왔다. 지금 생각해도 그때 여관에서 그 부탁을 들어준 게 용하다는 생각이 든다. 대개의 경우는 도둑으로 오인받기 십상이다.

빨간 남방이 나타나기만을 기다리던 일도 힘들었지만, 밖으로 나오기만을 숨죽여 기다는 것 역시 이만저만 힘든 일이 아니었다. 잠을 잘 수도 없고, 한시도 눈을 떼지 못하고 내내 장지문 틈으로 내다보는 것도 여간 고된 일이 아니었다. 이래저래 마음이 놓이지 않아 안절부절못했다. 이토록 고생을 해본 건 머리털 나고 처음이었다. 차라리 가도야로 쳐들어가 현장을 덮치자고 제의했으나 높새바람은 일언지하에 거절했다.

"이런 야심한 시간에 우리가 뛰어들었다가는 불량배로 몰려 도중에 제지당하고 말 걸세. 사정을 설명하고 면회를 요청한다고 해도 그런 손님이 없다고 둘러대거나 다른 방으로 안내할 수도 있단 말이야. 주의가 소홀한 틈을 타 불시에 쳐들어가 본들 방이 수십 개나 되는데 어느 방에 처박혀 있는지 알 수도 없지 않은가? 지겹고 고되더라도 제 발로 나올 때까지 기다릴 수밖에 달리 뾰족한 수가 없어."

그래서 가까스로 새벽 5시가 될 때까지 버텼다.

가도야에서 밖으로 나오는 두 사람의 그림자를 보자마자 나와 높새바람은 후다닥 뛰쳐나가 그 뒤를 밟았다. 첫 기차 출발 시각은 아직 멀어서 두 사람은 어차피 시내까지 걸어가야만 했다. 온천장을 벗어나면 100미터쯤은 삼나무 가로수길이었고 양쪽으로는 논이었다. 그곳을 지나면 여기저기 초가집이 드문드문 있고, 밭 한가운데로 난 밭둑길을 따라 곧장 가면 시내가 나온다. 온천장만 벗어나고 나면 아무데서나 따라잡아도 무방하지만, 되도록 인가가 없는 삼나무 가로수길에서 붙잡으려고 숨바꼭질하듯 따라갔다. 온천장을 벗어나자마자 우리는 질풍같이 내달려 따라붙었다. 인기척을 느끼고 뒤를 돌아보는 놈들에게 "거기 서!" 하고 소리치며 어깨를 낚아챘다. 당황한 나머지 달아나려는 따리꾼 앞을 내가 손으로 가로막았다.

"교감이란 감투를 쓴 자가 어째서 가도야에 묵었는가?"

다짜고짜 높새바람이 빨간 남방에게 다그치기 시작했다.

"교감은 가도야에 묵으면 안 된다는 규정이라도 있소이까?"

빨간 남방은 여전히 공손한 어투로 말했다. 얼굴빛은 약간 파랬다.

"학생들을 선도하는 데에 부적절하다며 메밀국숫집과 경단 가게 출입을 금지할 정도로 정직하고 올곧은 작자가 어째서 여관에 묵었느냐 말이다."

그 틈을 타 달아나려는 따리꾼 앞을 내가 얼른 막아섰다.

"등신 같은 철부지 도련님이라니 그건 또 무슨 개소리냐?"

내가 버럭 호통을 쳤다.

"아니, 그건 선생님을 두고 한 말이 아니외다. 정말로 아니외다."

뻔뻔스럽게도 변명을 하려고 들었다. 그제야 내가 양손으로 소맷자락을 움켜쥔 사실을 깨달았다. 뒤를 쫓을 때 소맷자락에 넣어둔 달걀이 흔들리면 곤란하니까 양손으로 움켜쥐고 왔다. 나는 소맷자락에서 달걀 두 개를 꺼내 "얏!" 하고 소리치며 따리꾼의 면상에 냅다 내던졌다. 퍽 하고 달걀이 박살이 나면서 노른자가 콧잔등을 타고 줄줄 흘러내렸다.

따리꾼은 기겁을 하고 "으악!" 소리와 동시에 엉덩방아를 찧고 나자빠지더니 살려 달라고 통사정을 했다. 나는 달걀을 먹으려고 샀지 따리꾼 낯짝에 던지려고 소맷자락에 넣어 온 게 아니었다. 내던지려고 한 건 아닌데 하도 화가 나서 그만 낯짝에 내던지고 말았다. 하지만 따리꾼이 엉덩방아를 찧는 순간 비로소 내가 던진 달걀이 명중했다는 사실을 알았다.

"에라 이 개자식아! 짐승보다 못한 놈아!"

나는 욕설을 마구 퍼부어 대며 나머지 여섯 개도 닥치는 대로 모두 내던져 버렸다. 따리꾼의 면상은 온통 노른자 범벅이 되고 말았다.

내가 이렇게 따리꾼 낯짝에다 달걀 세례를 퍼붓는 동안에도 높새바람과 빨간 남방은 한창 실랑이를 벌이고 있었다.

"내가 기생을 끼고 여관방에 묵었다는 무슨 증거라도 있소이까?"

"엊저녁 네놈의 단골 기생이 가도야에 들어가는 걸 보고 하는 소리야. 그래도 날 속이려고 드는가?"

"속이고 말고 할 것도 없소이다. 난 요시카와 선생과 둘이서 묵은 것이외다. 엊저녁에 기생이 들어갔든 말든 그건 내가 알 바 아니올시다."

"그 아가리 닥쳐!"

높새바람이 주먹을 날리자 빨간 남방이 휘청거렸다.

"난폭하게 이 무슨 주먹질이오. 이건 행패요. 시시비비도 따지기 전에 완력 행사부터 앞세우는 건 무법자나 하는 짓이오."

"뭐, 무법자 같은 소리 하고 자빠졌네. 네놈은 맞아도 싸다, 싸!"

높새바람이 재차 주먹을 내질렀다.

"네놈처럼 간사하고 음흉한 놈은 주먹맛을 따끔하게 봐야 이실직고할 테지."

높새바람이 이렇게 말하며 연방 주먹으로 두들겨 팼다. 나도 따리꾼을 묵사발이 되게 패 주었다. 급기야 두 놈은 삼나무 밑동에 기대어 웅크린 채 주저앉아 있었다. 몸뚱어리를 가눌 기력조차 없고 눈앞이 어찔해서인지 달아날 생각도 못하고 있었다.

"이만하면 주먹맛 실컷 봤냐? 모자라면 더 갈겨 줄게."

우리는 계속 주먹세례를 퍼부어 댔다. 그러자 드디어 빨간 남방이 입을 열었다.

"충분하니 이제 그만 좀 하게."

"네놈은 어떤가?"

따리꾼도 입을 열었다.

"물론 충분하고말고."

"네까짓 놈들은 워낙 교활하고 음흉해서 우리가 하늘을 대신해서 불의를 응징하는 것이니까 이번 일을 교훈 삼아 앞으로 개과천선하기 바라네. 아무리 교묘한 말로 둘러대도 정의는 결코 네놈들을 용서하지 않을 테니까."

높새바람이 이렇게 훈계하자 두 인간은 입을 꾹 다물고 듣기만 했다. 어쩌면 입을 떼는 것조차 버거웠는지도 모른다. 높새바람이 먼저 말을 꺼냈다.

"나는 도망을 가거나 숨을 생각도 없다. 오늘 오후 다섯 시까지는 해변에 있는 미나토야 여관에 있을 테니 볼일이 있으면 순경이든 누구든 보내라."

나도 한마디 거들었다.

"나 역시 마찬가지다. 홋타 선생과 함께 미나토야에서 기다릴 테니까 경찰에 신고하고 싶으면 하든지 말든지 맘대로

해라."

이런 말을 남기고 우리는 종종걸음으로 그 자리를 떴다.

하숙집에 돌아와 보니 오전 7시가 되기 조금 전이었다. 방에 들어가자마자 나는 짐을 싸기 시작했다. 그러자 하숙집 할머니가 보고 놀란 표정으로 물었다.

"무신 일이라도 있능기요?"

"할머니, 도쿄에 가서 아내를 데려오려고요."

얼렁뚱땅 둘러대고 하숙비를 치르고 곧장 기차를 타고 미나토야에 도착해 보니 높새바람은 2층에서 누가 업어 가도 모를 정도로 곯아떨어져 자고 있었다. 나는 바로 사표를 쓰려고 했으나, 어떻게 써야 할지 몰라서 대충 이렇게 적어서 교장에게 우편으로 부쳤다.

> 저는 개인 사정으로 사직을 하고 도쿄로 돌아가고자 하오니 그리 아시기 바라옵니다. 이상.

배는 저녁 6시에 출항할 예정이었다. 높새바람과 나는 녹초가 되어 세상모르게 자다 눈을 떠 보니 오후 2시였다.

경찰이 찾아왔었냐고 여종업원에게 물어보니 그런 사실이 없다고 했다.

"그놈들 경찰에 신고는 하지 않은 모양이군."

우리는 한바탕 웃었다.

그날 밤 나와 높새바람은 청정(淸淨)하지 못한 그 땅을 떠났다. 배가 해안선에서 멀어지면 멀어질수록 속이 후련했다. 고베에서 도쿄까지 직행열차를 타고 신바시역에 도착했을 때는 비로소 바깥세상으로 나온 듯한 기분이 들었다. 높새바람과는 그길로 헤어진 뒤 여태껏 만날 기회가 없었다.

기요 할멈 이야기를 깜빡 잊고 있었다. 나는 도쿄에 도착해 하숙집으로 가지 않고 가방을 그대로 들고 기요 할멈에게 한달음에 달려갔다.

"기요 할멈, 나 돌아왔어."

"어머, 도련님. 잘 오셨어요. 이렇게 빨리 돌아오시다니요."

할멈은 반갑게 나를 맞이하며 닭똥 같은 눈물을 뚝뚝 흘렸다. 나도 기쁜 나머지 이렇게 약속했다.

"다시는 시골에 가지 않을 거야. 할멈과 도쿄에서 함께 살면서 집도 장만할 생각이야."

그 후 나는 어떤 사람의 소개로 도쿄시가철도주식회사의 기수(技手)*가 되었다. 월급은 25엔이고, 집세는 한 달에 6엔이었다. 근사한 현관이 딸린 집은 아니지만, 기요 할멈은 매우 흡족해 하는 모습이었다. 하지만 가엾게도 폐렴에 걸려 올해 2월에 세상을 뜨고 말았다. 세상을 뜨기 전날 내게 이렇게 부탁을 했다.

"도련님, 쇤네가 눈을 감거든 도련님네 조상을 모신 절에 묻어 주세요. 그 무덤 속에서 도련님이 오실 날을 기다릴게요."

그래서 기요 할멈은 현재 고비나타의 요겐지 절에 고이 잠들어 있다.

* 기사(技師) 밑에서 기술 관계 일을 하는 사람을 말한다.